# AS MENORES
# HISTÓRIAS DE AMOR
# DO MUNDO
### e outros absurdos

# Bruno Fontes

## AS MENORES HISTÓRIAS DE AMOR DO MUNDO
### e outros absurdos

Planeta

Copyright © Bruno Fontes, 2023
Copyright © Editora Planeta do Brasil, 2023
Todos os direitos reservados.

PREPARAÇÃO: Fernanda França
REVISÃO: Renato Ritto
PROJETO GRÁFICO E DIAGRAMAÇÃO: Nine Editorial
CAPA: Filipa Damião Pinto | Foresti Design
ILUSTRAÇÃO DE CAPA: Taguchi Tomoki/rawpixel

Dados Internacionais de Catalogação na Publicação (CIP)
Angélica Ilacqua CRB-8/7057

Fontes, Bruno
 As menores histórias de amor do mundo: e outros absurdos / Bruno Fontes. - São Paulo: Planeta do Brasil, 2023.
 224 p.

ISBN 978-85-422-2071-1

1. Literatura brasileira 2. Histórias de amor I. Título

23-0394 CDD B869

Índice para catálogo sistemático:
1. Literatura brasileira

Ao escolher este livro, você está apoiando o manejo responsável das florestas do mundo.

2024
Todos os direitos desta edição reservados à
EDITORA PLANETA DO BRASIL LTDA.
Rua Bela Cintra, 986, 4º andar – Consolação
São Paulo – SP – CEP 01415-002
www.planetadelivros.com.br
faleconosco@editoraplaneta.com.br

# SUMÁRIO

**Introdução**

**1** E-mails, cartas, mensagens e outras coisas que eu nunca disse **11**

**2** As menores histórias de amor do mundo **83**

**3** Lembretes para deixar na geladeira ou no coração **153**

**Agradecimentos**

# INTRODUÇÃO

Esta carta não é para você, apesar de ser sobre você, e, hora ou outra, passear pelos nomes que você me deu. Esta carta é para o meu leitor, pois é para ele que vou contar que na última vez em que nos encontramos eu lhe dei um livro de presente, um livro que só você possui, em que consta o seu nome na capa seguido de "toda poesia", como nas coletâneas dos grandes poetas. Ali está tudo que escrevi no tempo em que estivemos juntos. Bem, quase tudo. Alguns textos, que vieram do nosso tempo (e depois num tempo somente meu), roubei para o *As menores histórias de amor do mundo*, coisas que eu queria muito ter dito, mas não poderia ou não deveria ou as duas coisas. Alguns textos ingênuos e esquecíveis, mas que os meus leitores poderão usar da maneira que lhe convirem, seja numa conquista num app de relacionamento, na fila do banheiro de uma festa, numa saudade apertada ou numa tarde em que tudo que a vida dá é um céu laranja, desses que tiramos foto e postamos (sem filtro). Que seja útil a eles, para mim

pouco serviu. E é sobre isso a primeira parte deste livro, sobre o que eu não disse, e, vendo agora de longe, acho muito justo que não tenha sido dito, pois podem ser endereçados a gabrieis, manuelas, camilas, pedros etc., sem remorso. "O que não é dito nunca se transforma em história de amor". Pois bem, agora, se tudo der certo, serão transformadas e compartilhadas, e o melhor, como se não fossem sobre nós dois, entregando uma segunda chance ao amor. Depois conto pequenas histórias de pequenos amores que nada tem a ver com o que vivemos, mesmo que você vá jurar para os seus amigos que também são nossas. Acredite, não são.
É que o amor tem essa coisa de sempre parecer com a gente. E, no final, convido o leitor para caminhar comigo na praia com os chinelos nas mãos dizendo como tem sido depois de você, no isolamento, nas festas da cidade, na solidão. É isso, gostaria apenas de lembrar que esta carta não é para você. Farei uma pausa para que você interrompa a sua leitora e daqui sigam apenas os meus leitores. Agradeço a sua atenção e tudo que posso chamar de amor.

# 1.

# E-mails, cartas, mensagens e outras coisas que eu nunca disse

em todos os lugares
procuro um parque
abro um livro
penso em você

Tem por aí um beijo melhor que o seu. Eu não conheço, mas sei que tem. É muita gente, tem que ter. Sabe quando mostram imagens sobrevoando multidões em festivais de música, estádios ou numa fila de carros descendo para o litoral? Então, ali deve ter. Sei também que existem olhos muito maiores do que os seus, apesar de eu nunca tê-los visto por aqui. E tem gente muito mais bacana, que abraça melhor, transa melhor e fala melhor sobre os astros. Eu não conheço, nem nunca vi, mas sei que tem.

Mandei a última mensagem. Tudo bem, foi a terceira última mensagem que enviei. Mas essa é realmente a última, ao menos até vir a próxima. Essa disfarcei de "Tá tudo bem?". E se eu disfarço é porque não existe motivo para dizer que sinto a sua falta. Por isso digo qualquer coisa, torcendo para que eu acerte o dia exato em que você pensou em mim, um dia que mora apenas nos meus sonhos. Você respondeu sem saber que era a última mensagem, sem saber que esse é o meu jeito de desistir, implorando para ser impedido. As portas estão todas abertas, e eu finjo que não sei onde é a saída.

ah, como eu queria ter uma letra dessas miúdas e redondinhas para escrever uma poesia do tamanho dos seus olhos, escrita sobre as suas sardas, tatuagens do meu desejo. como eu queria ter mais coragem do que medo, sair do elevador pronto para um beijo, acordar e assistir a você amanhecendo. como eu queria que o bar estivesse fechado, o nosso encontro fosse um fiasco, que você não fosse você. ah, como eu queria que a gente fosse tudo, dama e vagabundo, os dois contra o mundo, até que deixasse de ser.

só eu sei
em quantas
das sete ondas que pulei
falei o seu nome
pensei o seu nome
desejei o seu nome

se o que eu digo ou faço não levanta
nenhuma poeira entre os seus pés, ou
sopra gelado descendo no peito, e não
aquece a ponta dos seus dedos, então não
há nada que eu possa fazer. esta é a razão
dos meus olhos vazios: me dar conta que
o fim chegou muito antes do fim, sem que
meus amigos saibam o seu nome, sem que
eu possa dizer "terminamos"; afinal, nunca
começamos, fomos apenas o ensaio do amor.

Fui tentar ser feliz e caí no teu colo. Fui tentar ser triste e caí no teu colo. Fui fugir do teu colo e caí nos teus olhos. Fui pular dos teus olhos e caí na tua boca. Fui beijar a tua boca e acabei na vontade. Fui matar a vontade e despertei. Já era tão tarde! Acordei no meio da saudade. Ora, não notaste? Sonhei contigo, mais uma vez.

Não acredito em astrologia, mas quando você disse que sou cético por ser taurino, senti que era verdade. Não acredito na moda, mas quando você disse que fico bem de camiseta larga, passei a comprar dois números maiores. E não acredito no amor, mas quando você disse que me amava, senti um calor descendo pela garganta e acendendo, corajoso, no meio do peito; pensei até que havia engolido um vagalume, foi difícil de acreditar.

um sofá de três lugares
(para nós dois e a-vontade-do-beijo)
grande o suficiente para esticarmos as pernas
pequeno o bastante para estarmos próximos

sem travesseiros
para que tudo seja colo
sem o tempo
para que nada nos apresse

um sofá de três lugares
para o sexo do fim do mundo
para o cochilo do fim da tarde

para nós dois
e o que mais couber.

se nós tivéssemos ido ao parque, dividido uma canga, tirado a franja dos olhos para nos apaixonarmos... se tivéssemos visto mais um, dois ou três filmes... se tivéssemos andado de mãos dadas até a esquina, qualquer esquina, esperando algum restaurante que você ama ficar aberto (notei que não conheço sequer um restaurante que você ama)... se inventássemos uma dieta para nós dois, quebrando toda noite, rindo dos nossos pecados... se tivéssemos acordado um ao lado do outro, com o desenho do sol no corpo... se escutássemos juntos o disco que eu te dei, dizendo ser somente uma lembrança, sem saber que seria realmente uma lembrança... e se eu tivesse contado dos meus desejos um minuto antes, uma semana antes, algum momento antes de ser tarde demais... onde estaríamos agora?

Notei que nunca te disse "você é linda". Quer dizer, eu não disse dizendo, disse de outro jeito, pra parecer que estava dizendo outra coisa. E foi de outro jeito por pensar que já havia uma multidão dizendo, e eu queria ser outra coisa, não queria ser multidão. Mas, agora, não encontrei outro jeito, só posso dizer dizendo, assim como a multidão: você é linda.

Não é vingança, só gostaria que você sentisse metade da metade das coisas que sinto aqui. Não que seja ruim, tem muita gente que até acha lindo, incrível e sensível, mas, para mim, muitas vezes é só uma dorzinha cutucando pontos do corpo que eu não alcanço. Não que eu queira que você sinta uma dorzinha, não é isso, quero que você sinta algo, qualquer coisa. Uma beliscadinha no coração não te faria mal, faria? A gente sobrevive, acredite. Você ainda corre todo dia às sete da manhã? Então, sinta uma pequena cãibra e alongue pensando em mim. Morei tanto tempo em você, não é possível que eu não tenha deixado um chinelo, uma chave ou uma escova de dentes. Sinta algo, pois parece que eu trouxe tudo comigo, as minhas e as suas coisas. E, deus do céu, como é pesado.

Toda poesia tem dono. Você pode encontrar com o dono da poesia na rua. Pode até dizer "oi". O dono pode morar longe e ter um sorriso incrível. Talvez o sorriso seja o dono da poesia. Talvez o sorriso more longe. Uma poesia pode até mudar de dono, se ele não descobre a posse e acaba perdendo para alguém que a veste melhor. Tem poesia em que sou o dono — são poucas, pouquíssimas, a maioria é sua. Porém, acho importante dizer, você tem perdido algumas. Tem muita gente sorrindo pra mim na rua, ainda não sei o motivo, mas é gente com cara de dono de poesia, me lembram você. Essa poesia é minha, mas estou indo lhe entregar, e vou com pressa, antes que alguém a roube.

acordar do seu lado
é como despertar numa sexta-feira
pronto para o trabalho
tocar os pés no chão
e perceber que é um sábado.

Quero você bem, mas não sei como ajudar; sobre o amor eu sei tanto quanto você, choro tanto quanto você. O que eu posso entregar é o que sei sobre a vida: use as suas roupas preferidas e as meias sempre coloridas para se lembrar de ser criança; rasgue os seus calendários, se você não souber a diferença entre a segunda-feira e o sábado, todo dia será um dia para sorrir; durma escutando o seu disco predileto, os seus sonhos precisam de uma trilha sonora bonita; leve livros pra praia; tenha sempre dois melhores amigos, ter um só é perigoso, ele pode começar a namorar. Espero que ajude, pois sobre o amor eu não posso ajudar; na verdade, ninguém pode — só você, seus sonhos, seus discos.

Prometi nunca mais me apaixonar, mas eu não conhecia você, agora tenho que pagar por uma promessa que não escolhi quebrar. Poxa, não estava nos meus planos ver você, mas eu vi, e a promessa foi rachando, quebrando nas pontas; a cada passo que você dava, a promessa se quebrava. Quase me esqueci de que havia prometido que nunca mais iria me apaixonar, mas eu não conhecia você. Não sabia que era uma promessa impossível de realizar. Pois quem ainda não se apaixonou essa noite, que nem é tão noite, é só um começo de noite, é gente que ainda não viu você pelas ruas... sorrindo, dançando e quebrando as minhas promessas.

Se o peso do meu amor fosse o mesmo de uma pedra, que eu pudesse colocar em suas mãos demonstrando o quanto pesa. Se fosse o peso do pássaro, do fogo ou das tartarugas. E tivesse o tamanho de um gigante. Com voz e mãos de gigante. Se tivesse o cheiro da grama ensopada pelo temporal e da terra marrom escapando entre as plantas. Se eu apontasse para além dos prédios, da torre da igreja e da teimosia dos homens indicando ser maior... muito maior. Talvez assim, você, os meus amigos e pessoas que nunca vi (mas que tudo sabem sobre nós dois) pudessem acreditar. Porém, o meu amor é somente um amor, e o que deixo nas suas mãos é uma pedra, com o peso e o tamanho de uma pedra.

Queria ter sido o seu amigo pra sempre. E ouvir você falar sobre os seus namorados o dia todo. Me apaixonar nunca esteve nos planos.

Eu não te amo mais. É isso: eu não te amo. E assim como não sabia o que fazer com o meu amor por você, também não sei o que fazer com a ausência dele. Você me ocupou por tanto tempo, que, quando sumiu, entrelacei as pernas e briguei com a gravidade. Estou sentindo falta de sentir a sua falta. Estou vazio de você. Preciso do futuro com a urgência de que uma vida vazia precisa. Preciso acordar e descobrir do que sou feito, pois acreditei ser feito de saudade, mas não sou. Sou um desconhecido. Reconheço em mim somente o vazio, e sobre o vazio sei dizer duas coisas: é uma casa sem ninguém; e uma casa sem ninguém é um lugar que pode ser ocupado. Hoje, abrirei uma porta; amanhã, algumas janelas; até sábado terei arrancado os telhados — já consigo sentir o vento. Estará escrito na entrada de casa: ausência de amor também é liberdade.

Queria te dar um mundo que nunca coube nas minhas mãos, com a mania que tenho de criar absurdos para tentar explicar o meu amor, que é menor e mais simples do que você esperava, mas cabe num jeans velho, num sofá de dois lugares e nos detalhes que tem o nosso carinho, sabe? É que das minhas vontades eu fiz história para te contar nas tardes em que não temos compromissos, quando escolhemos subir qualquer rua sem saber onde vamos comer, porque o amor é nunca saber onde vamos comer. Um amor pequeno e incapaz de devorar saudades, mas que te levaria aos céus fazendo mil viagens, indo aos poucos e juntos, enquanto você decide onde vamos jantar nesta noite.

obrigado por deixar eu me apaixonar
por você, sei que não fez por querer, mas
fez, e o que conta é o corpo indo dormir
querendo saber das músicas que você anda
ouvindo, e tá tudo bem, pois um novo
nome nos pensamentos tem feito os dias
mais leves, me deixando ver formas de
animais em nuvens que até outro dia eram
apenas nuvens, mesmo que a paixão seja
coisa minha, aliás, acho ótimo que seja
somente minha, ela faz um par perfeito
com a solidão. é lindo o encontro: as duas
passam a noite brincando de fazer poesia, e
todas, absolutamente todas, são pra você.

hoje eu pensei em você tanto
tanto, tanto e tanto
que o dia passou por cima de mim
não morri
mas também não vivi
hoje eu pensei em você tanto
que olhei para o céu
buscando um deus que não é meu
foi tanto, tanto e tanto
que ele acordou e me atendeu
dizendo que a culpa não é sua
pois quem pensa em ti sou eu

Não te julgo por não gostar de mim,
mas não me peça para deixar de gostar de
você, pois eu faço essa promessa todos os
dias, dizer o mesmo para você seria mentir
duas vezes. Desculpa. Olha, mais uma vez
estou pedindo desculpas que não deveria
ter pedido: quem pede desculpas por sentir
saudade? A culpa não é minha, é você
que tem este sorriso. Mas eu te entendo,
também recuso cartas de amor, também tem
quem goste de mim, para elas eu não peço
nada, apenas entendo e digo "Sei como é".
Continuo respeitando a nossa amizade, mas
não indico e nem sigo este seu conselho, que
eu devo procurar um novo amor. Ora, vai
que eu encontro e mais uma vez não é o meu.

Ainda bem que você
não mora na minha rua,
daria muito trabalho me arrumar
só pra ir à padaria comprar um cigarro.

façamos um acordo: eu mudo de casa e
você muda de mim; eu vou pra longe e você
vai pra perto de algo ainda mais longe; eu
finjo que esqueço e você finge que lembra,
não precisa ser muito, pode ser pouco,
quase nada; eu frequento nosso restaurante
favorito às terças e você não frequenta
nunca; a "nossa música" a gente chama pelo
nome e só vale dançar sozinho em casa, vale
dançar com saudade também, mas chame
pelo nome; querer bem, sempre, mesmo
com raiva (hoje eu tô com raiva, mas quero
você ótima); pode fingir felicidade mas
não pode fingir tristeza, sejamos metade
sinceros; diz que me amou se houver a
chance de a mensagem chegar em mim
e diz a verdade se o segredo couber na
cidade; você fica com o toca-discos e eu
fico com os discos, e a gente para de gastar
dinheiro com isso juntos; eu vou embora
e você fica; eu te amo e você vai embora.

Eu danço com os olhos fechados. E beijo com os olhos fechados. Quando me assustam também os fecho por um segundo, antes de cair na risada. Mas, confesso, eu sonho com os olhos abertos, pois não sou bobo de perder você passando por aqui.

Não existe amor à primeira vista, quer dizer, não existia, até você aparecer e nós inventarmos. Até você aparecer e dizer que tudo que eu sei sobre o amor não vale mais nada, que as regras são outras. Até você me encontrar uma vez, uma única vez, e mostrar que aquele é o caminho mais rápido para se apaixonar. Até você provar que é possível gostar de alguém em segundos e que o tempo é bobagem quando se quer demais. Calma, estou confuso, falando coisas em que eu não acredito, não existe amor à primeira vista. Repete comigo, "Não existe amor à primeira vista". Não existe! Quer dizer, não existia, até você sorrir pra mim.

Eu já estive em Lisboa outras vezes, mas dessa vez foi diferente. Lembro de um momento, no trem, quando um desconhecido perguntou o motivo de eu gostar tanto da cidade, a minha vontade foi falar sobre você como quem descreve um monumento, uma praia, um jardim. Porém, eu apenas respondi, "É difícil de explicar". Ora, não era difícil de explicar, bastava dizer o seu nome, pois você é a cidade pelo qual me apaixonei.

eu te quero bem,
só não sou besta de sair por aí perguntando
de você.
te quero bem e sempre vou querer,
o silêncio foi a forma que encontrei pra dizer.
te quero bem, mas torço pelo desencontro,
que as coincidências fiquem apenas para o início do amor.
peço que a gente não vá no mesmo café,
no mesmo dia, no mesmo fim de tarde.
me quero bem.

gosto das bandas estampadas nas
camisetas que você usa. gosto das marcas
das camisetas que você usa, e das cores
e de como ficam enormes no seu corpo.
gosto do jeito que elas balançam no
varal — o beijo de um vento que sabe
que são estas as camisetas que você usa.
gosto delas comportadas nas gavetas
ou arremessadas pelo quarto. e gosto
como você as joga no corpo com os olhos
fechados, pois tanto faz a vida lá fora.

se o seu beijo não fosse o melhor beijo
dessa cidade eu não pararia tudo que
estou fazendo, não pediria ao universo
um minuto de silêncio, não gastaria as
palavras novas que guardo com cuidado
para usar somente quando o melhor beijo
dessa cidade cruzar o meu caminho. com
o universo quieto te conto baixinho, como
se as nossas bocas fossem vizinhas e eu
pudesse experimentar o melhor beijo sempre
que quisesse, como quem rouba a geladeira
no meio da noite. te quero só por um motivo,
apenas um, o melhor motivo de uma cidade
que adormece pensando em nós dois.

Se você morrer de saudade me avisa, pra eu saber se amanhã será um dia azul ou cinza. Se você lembrar meu nome pega o telefone e conta que lembrou, que foi sem querer, mas lembrou. Se for uma saudade que passou de raspão conta mesmo assim, conta que quase pegou em você, que você quase sentiu a minha falta e quase mandou uma mensagem e quase passamos a tarde conversando. E, se você não sentir saudade nunca, tudo bem, fico aqui achando que sentiu e não contou, e invejo as suas duas habilidades: não sentir saudade e ficar em silêncio quando sente. Perguntei para aquele nosso amigo, "Será que ela também sente?". Ele respondeu com outra pergunta, "Você sente tanta saudade assim?". Eu disse, "Todos os dias". Ele evitou me olhar nos olhos e falou baixo, "Todos os dias é melhor que todos os minutos". Essa foi a primeira vez que quantifiquei a minha saudade em relação ao tempo: é muita, mas não é a cada minuto. Isso me leva a pensar que a sua pode ser pouca e única, por isso, se acontecer me avisa, pra eu saber se amanhã será um dia azul ou cinza.

Vou ficar bem, tem um monte de
músicas que não falam de nós dois.

Se me tirarem o desejo, a saudade e a vontade, ainda sobra. Se arrancarem a lembrança, o arrependimento e a tristeza, ainda assim sobra. Se eu jogasse os presentes no lixo, deletasse os e-mails e doasse todos os livros, ainda sobraria você, me olhando pelos cantos, guardada na poeira dos móveis e nos ímãs de geladeira. Se me roubarem o coração ainda fica você, então, que me roubem. Tanto faz o amor a essa hora da noite, tanto faz o amor se o Carnaval acabou e mesmo assim você sobrou. As festas nem terminaram e eu mal me lembro dos dias que se passaram. Deito e encaro o teto. É assim que penso em você, desde que você deixou de ser tudo e virou um pensamento que mora no teto do meu quarto, e eu encaro, eu e meu coração roubado.

Sorte é a gente se olhar no mesmo milésimo de segundo, no meio desse mundo, que tem mania de empurrar o amor para longe. O amor da minha vida mora no meu bairro, você acredita? Aqui pertinho, nem dá pra sofrer de amor, nem dá pra se despedir no aeroporto, nem dá! Eu, dos amores impossíveis, tô indo amar a pé. Que sorte, né?! Te olhar no mesmo segundo, no meio desse mundo, que cabe no nosso bairro, mas não cabe no nosso amor.

Me acostumei tanto
a pensar em você
que, quando não
penso, parece que
esqueci alguma
coisa em casa.

Não há espaço em mais nada, todas as gavetas estão entupidas, todas as cômodas, os armários dos quartos, do banheiro e da cozinha. Os talheres estão todos no chão, cansei de pisar em garfos. Os livros e os discos espalhados, uma bagunça. Embaixo da cama está também lotado. Já está passando pelas janelas e ganhando a rua. O jardim está coberto, pilhas e pilhas, mesmo que eu varra sempre, cai mais do que as folhas no outono, nasce em tudo, multiplica por todo canto, durmo e acordo em cima dela. Eu poderia deixar essa casa, mas também não teria roupas para fugir, pois está no bolso das minhas calças, nos meus sapatos e nas minhas meias. Poderia mudar de planeta e de nada adiantaria, está dentro de mim, fui o primeiro a ser invadido e ocupado por essa saudade, e é daqui que tenho que me mudar, dentro-dentro de mim. É exatamente esse o meu medo, não é de você, não é do sentimento; é de me abandonar para depois me reencontrar. O meu medo é saber: quem sou eu depois de nós dois?

Eu quis ser astronauta, cantor, bailarino
e acabei escritor, só não sei até quando.
Lembra que eu falava de morar em Chicago?
Agora é Lisboa. Mas ainda me amarro em
São Paulo, e nem penso mais nos Estados
Unidos. Talvez por isso tenho escutado
mais samba do que blues. Eu costumava
desejar o mundo. Hoje, uma casinha
num canto legal, com cheiro de grama ou
barulho de mar, seria o bastante. Ou tento
de novo ser astronauta e faço planos de
morar na Lua. Ou bailarino, e mudo pra
Rússia! Você me conhece, o meu coração
muda de ideia o tempo todo. Você é a
única ideia que ele insiste em não mudar.

Se o frio fosse bom traria você com ele.

Quero te dizer a coisa mais bonita, mas tem que ser alguma que nunca foi dita. "Eu te amo", "Eu te quero" ou "Gosto muito de você", tenho certeza de que todas essas você já ouviu, claro, não fui o primeiro a me apaixonar por você, nem o décimo terceiro, pelo motivo óbvio que você é apaixonante e deve acordar com declarações que mal cabem na sua caixa de e-mails. Quero definir você em uma só palavra, sem precisar de uma poesia inteira, pois você é, sim, o amor da minha vida, mas quero dizer de outro jeito e ganhar um sorriso só meu.

Escrevi um poema pra você no saco de
pão, depois do café, e escrevi no canto
da mesa do trabalho e também no vidro
embaçado, vítima do meu banho quente.
Talhei esse mesmo poema nas árvores do
bairro ao lado de corações tortos e jovens.
Rabisquei esse poema delinquente no
banco de um ônibus que circulava daqui
para lugar algum e o imprimi milhões
de vezes para espalhar em bilhetes pelas
ruas. Não demorou para anunciarem
nos jornais sobre o poema encontrado
por todo canto da cidade. Ouviram-se
histórias do poema sendo visto em barcos
naufragados e desenhado em plantações
de milho do outro lado do mundo. Criaram
recompensas para quem descobrisse o
endereçado, mas nunca chegaram próximo
do seu nome. O poema virou uma canção
de amor e foi repetido em incontáveis votos
de casamento e na ponta de cadernos
escolares. Escrevi esse poema tantas vezes
que o tenho tatuado entre os dedos. Tentar
me desfazer dele apenas o multiplicou,
pois falar mil vezes sobre nós dois é
também ouvir mil vezes sobre nós dois.

se vai ser bom
se vai ser certo
se vai ser longe
se vai ser perto
eu não sei
te quero do jeito que vier
mesmo que devorada pelo passado
pois eu não quero ser teu amor
eu quero ser teu sábado
morar nos teus defeitos
encontrar no chão da sala a tua blusa
encontrar no chão do quarto a tua blusa
se não vier pra ficar, tudo bem
mas vem
me bagunça

Apaguei todos os e-mails. Apaguei todas as nossas fotos e conversas. Apaguei os vídeos. O seu número. Apaguei os números dos seus amigos. Apaguei o seu nome e o que me lembra o seu nome. Enviei para você um e-mail dizendo que apaguei e depois apaguei esse e-mail. Irei apagar este texto. É a ideia mais idiota para um fim de amor, mas, por enquanto, é o que eu posso apagar.

Deitado na areia sob um sol que não conhece o perdão e o barulho de um mar que adormece o corpo, eu imagino você ao meu lado. Enquanto as crianças correm atrás da bola numa tarde sem regras, eu imagino você ao meu lado. Os amigos falam sobre livros e mulheres e buscam a sombra em que couber o corpo, e eu imagino você ao meu lado. Peço uma caipirinha de limão apenas por não ter você para alertar o cuidado, e sigo sem me cuidar e imaginando você ao meu lado. Nos dias bons, de sol e praia, ainda tropeço na vontade de querer a sua companhia. Não é triste, apesar de roubar os novos desejos. É o que chamam de sonhar acordado, imaginar você ao meu lado.

Se quiser tentar de novo, você sabe o que eu penso, o seu carinho é dono da metade do mundo e da outra metade o dono é o seu beijo. Não vai embora, escrever sobre despedida é tristeza nas mãos de quem se importa. Fica, pois o novo amor para se acostumar às vezes demora. Amor que não vem pronto, e a gente arrisca para poder ficar mais um pouco, atrasando o futuro, pedindo para a saudade esperar o quanto puder esperar. Pode ir, mas não agora, é bobagem tornar-se poesia antes da hora.

não cabe, não adianta,
esse amor todo em mim, não cabe
por isso canto tanto no fim da tarde
pra dividir um pouco com as pessoas da rua
e quem sabe chegar na lua
que o meu amor por você
não cabe
é preciso cantar.

Linda, você tá bem? Tenho muito para te contar, não é somente a saudade que dói. As coisas estão difíceis por aqui, porém a esperança brilha pequena e intensa em corações que antes eu não conhecia. Tenho me apaixonado por mulheres que gritam ao meu lado, por caras que choram de medo e por avós que sabem o quanto vale a luta pela liberdade. Se amanhã não for amor, se quarta-feira não for amor, que seja quinta e não será tarde. Os tempos sombrios me ajudam a culpar os amigos que perdi, mas a culpa dos amores não tenho com quem dividir, estive só e você sabe. Aceitei o seu conselho, estou dizendo sim para todos os convites para lutar pelo amor, só peço um minuto para calçar os tênis e avisar a minha mãe que não chego tarde, "Ué, e vai com quem?". Vou com quem quiser ir comigo, nunca foi tão fácil saber quem fará o mesmo caminho.

Quando abro a mão, um pássaro pousa
e o coração voa. Tem sido assim, as mãos
abrigando tudo que pede repouso. Elas ainda
têm o formato do carinho que caminhava
em teu rosto e o encaixe para os teus dedos,
entre eles, os pássaros dormem. As mãos
sabem por quais ruas nós andamos, mas
evitam contar-me, em troca as entreguei
ao vento, permitindo que busquem um
amor em que, confesso, deixei de acreditar.
O coração voou, desistiu, agora sou guiado
apenas pelas minhas mãos, que fingem não
sentir falta de ti, e sonham com dedos que se
encaixem, enquanto os pássaros dormem.

Sim, eu amo você, e passo o café, entro no banho e sigo para o trabalho. Eu amo você e não perco uma dança, um beijo, uma viagem. E amando você, me apaixono, dou até um jeito de sofrer, porque *soy latino y no me da vergüenza sentir demasiado*. Se um dia eu pensar que não consigo viver sem você, ficarei preocupado. Mas, por enquanto, é só amor, e amor eu carrego de olhos fechados.

E pensar que eu já fiz o caminho
mais longo só pra passar perto de você.
Agora, tenho andado muito menos,
passando pelos caminhos pequenos, mas
que florescem, mesmo fora de estação.
Conselho ruim esse que me deram para
sempre ouvir o coração, ignorando que
não tem coisa mais boba e que o amor
é o contrário da razão. Passei a escutar
o coração dos outros, os que convidam
para entrar e ficar, desculpe a sinceridade,
mas o meu não dá, você não sabe o tanto
que ele me fez andar, sem convite, sem
resposta, simplesmente por ser teimoso
de doer, ignorando as pernas cansadas,
querendo um amor que ele nunca vai ter.

Quando eu disse que existiam cem mil garotas iguais a você, não achei que seria tão difícil de encontrá-las.

Eu poderia falar sobre nós como seres eternos, mas não quero, a eternidade tranquiliza, destoa do amor, faz do furacão pequena brisa. Ou falar em nós dois como seres perfeitos, porém da perfeição conheço somente o seu beijo, que humildemente você entrega para alguém inundado em erros — andam dizendo que você é o meu único acerto. E mesmo que me ofereça o amor embrulhado em dúvidas, saiba que eu aceito, pois nem o Carnaval que é coisa certa, nasce sempre em fevereiro. Duvide do meu amor todos os dias, para eu constantemente dizer, "Te amo hoje". Amando hoje a cada dia, quem sabe, permitiremos o presente fantasiar a eternidade.

À tarde ganhei um beijo seu. À noite eu já não era mais seu. Ora, são as surpresas do amor, que não surpreende quem sabe que a tristeza é uma cor: o azul que antecipa o anoitecer, oferecendo tristeza, esperança e pedindo para você escolher, enquanto a solidão coloca uma música, indica um livro ou conta bobagens sobre o passado — passado não tão distante, a gente até encosta se esticar os braços. A falta é uma liberdade, deixa você livre para passar o dia pensando em alguém, um pensamento azulzinho, pintado de coisas que não foram ditas. Quem diria, nós dois transformados em saudade, nosso amor colorido, agora, é um azul bonito: quase noite, quase preto, quase liberdade, quase medo. Queria muito estar sozinho, mas o pensamento azul insiste em ser companhia, mesmo que eu tranque a casa toda.

Às vezes esqueço o quanto você é linda e, desatento, sou pego de surpresa por seus olhos gigantes. É como se um cavalo me atropelasse macio, lambesse o meu rosto e partisse em cavalgada. Do meu corpo restam somente as palavras, que tropeçam da boca e não te alcançam pra dizer: às vezes esqueço o quanto você é linda.

Todo mundo sabe que o melhor cheiro do mundo tá no pescoço de um nenê, que o almoço feito pela mãe é perfeito em qualquer oportunidade e que vô e vó são os seres mais lindos a passar pelo universo. Não existe dúvida que a amizade tá guardada no brinde antes do gole da cerveja, que a época das férias é a mais veloz do ano e que é difícil confiar em quem não gosta de cachorro. O que talvez alguns não saibam é que o seu abraço é o melhor, e isso eu não vou discutir. Tem quem prefira a cidade grande ao interior, a praia ao campo. Alguns gostam de sol com uma brisa leve e outros um frio que impeça de sair de casa. Tem até quem goste de azeitona, vai entender. Agora, se nunca experimentaram o seu abraço, não vou perder tempo debatendo. É o seu, acredite em mim.

Nossa primeira palavra foi um beijo. Nossa primeira troca de olhares foi uma poesia. A primeira despedida foi tua, a primeira saudade foi minha. O primeiro perdão foi um abraço no mesmo bairro em que nos conhecemos, o mesmo bairro que trocamos a primeira palavra. Nossa última palavra também foi um beijo, o amor ironicamente se repetia, o fim era desenhado com as mesmas bocas do começo. Meu primeiro amor é uma palavra. A palavra tem as vogais do seu nome, as linhas das tuas mãos, o teu peso.

Se quiser, pode partir o meu coração.
Só não derruba a minha cerveja.

Lembrança boa é assim mesmo, um sorriso no começo e uma saudade no fim. Recordar a nossa história costumava ser assim. Por que, então, não deu certo? Talvez a culpa tenha sido da nossa juventude que insistia em dizer, "Vamos deixar acontecer". Pois bem, nada aconteceu, o amor espaireceu, mudou de nome. E a gente jurava, lembra? Jurávamos que seriamos nós dois pra sempre. Bom, não estávamos errados, pois nada mais eterno do que essa saudade morando nas minhas mãos. Esse bichinho que não mata e não morre, por nada.

Nestes dias a sós eu perdi o sono ao notar o que existe entre nós: o espaço de dois dedos, as incertezas, o medo de falar do futuro, um olhar e dois beijos. Entre nós existe a fuga da vida adulta, o caminho de volta, o moletom emprestado, o carinho e a dúvida. Entre nós, a vontade de ir pra casa, dividir sonhos, acreditar no amor, dormir abraçados e não pensar em mais nada.

A vontade é de atravessar o país
e te dar um beijo
que ilumine o bairro
acordando homens
meninos e passarinhos
que saem das árvores
para contar aos céus que
finalmente...
o mundo sabe sobre nós dois.

Finjo que você não existe e aí quem não existe sou eu, e fico sendo um meio cara, vivendo uma meia vida, dando sorrisos pela metade. O amor é bom para quem tem um, sacou? E não me massageia com conselhos, pois meu amor tem nome e sobrenome, ele não vai ser enganado, mesmo que eu ande de mãos dadas com metade desta cidade. Hoje, o que não é dor, é saudade. Uma saudade grande demais para um meio cara, vivendo uma meia vida, e rindo sabe-se lá de quê.

acordo cedo
não coloco os pés no chão
o sol tenta deixar um bom-dia
a janela fechada não passa o recado
a vida não liga
para a minha falta de coragem
*de contar pra você da tristeza*
*de contar pra você da saudade*
será que eu te escrevo?
"amor, tô tão sem grana
tão sem vontade
a vida tá toda do avesso
perdido na rua de casa
do avesso eu te peço
me dá um colo?
só mais um colo
te pago em verso"

Você esqueceu que muito antes de dar errado, deu certo, e deu certo muito tempo. O errado veio somente agora e só falamos dele.

O sonho de hoje é pequeno. É o japa no restaurante favorito, é a volta mais cedo do trabalho, é acordar querendo um amor possível. Eu quero me entediar, me cansar de tanto descanso. Quero ouvir um disco e repetir uma música oito vezes, quero conhecer alguém de coração gigante, quero ser o primeiro amor e nunca mais o amante. Quero a Coca-Cola gelada de doer e notar um sorriso no metrô que ninguém mais vai ver. Quero acordar rindo. Quero acordar sorrindo, ouviu? Quero o que posso, o impossível fica pra depois. Quero só mais duas coisas: quero estourar plástico-bolha e quero nós dois.

você é linda sempre, sério,
mas é que tem dias
que é mais fácil dizer.

Sentei-me com a missão de escrever um texto que não fosse sobre você. Fracassei. Você já está na segunda linha. E agora, na terceira. E o texto, que não era sobre você, tampouco é sobre mim. Talvez seja sobre a saudade. Ou melhor, sobre a insônia, pois não há como dormir quando você faz isso: invade o meu texto, o meu tempo e a minha noite. Não, definitivamente esse texto não será sobre você. Escreverei sobre qualquer outra coisa. As corujas. Sim! Será sobre as corujas. Lindas. Silenciosas. Com seus olhos gigantes. Sabe quem também tem os olhos gigantes?

Depois de você, eu nunca mais me apaixonei de verdade. Mas, de mentira, quase todo dia.

na sua cidade
quis você todos os dias
até o meio-dia
depois o meu desejo era o mar

na sua cidade o céu tem dono
as ondas dançam *hula-hula*
e a vontade é do tamanho
do meu silêncio

na sua cidade
quis você todos os dias
e vou embora assim como cheguei
ainda querendo

Encosto nas teclas do celular e logo me arrependo. Sempre digo o que devo, mas nunca o que penso. Perto de você eu sou melhor, pois nada precisa ser dito, estamos ocupados um com o outro. Como somos bons sem as palavras! Somos perfeitos enquanto não estamos fazendo planos, perdendo tempo com um futuro que não sabemos se nos pertence. Perceba que o Universo não se atreve a interromper o nosso beijo, ele sabe o quanto é bom e sagrado. Mas, distantes, somos tão pouco, não acha?

# 2.
# As menores histórias de amor do mundo

– Se fosse ontem teria sido muito cedo. Se fosse amanhã seria tarde demais. Você chegou na hora certa.
– Cheguei?
– Chegou.
– Pois ontem era o meu momento certo. Hoje me parece tarde demais.

As mensagens trocadas em tardes mornas.
A gentileza exagerada nos encontros.
A saudade silenciada pela distância.
A juventude compartilhada: a praia, os amigos, as bebidas ruins e uma noite que dura até hoje. Antes dos vinte anos, tudo era declaração de amor. Casaram-se. Ele numa igreja na Bahia. Ela numa casa na Austrália. Ainda se lembram, de forma exata, o nome e o sobrenome um do outro.

Ele recebe uma mensagem, "pensei em você", e fica imaginando o que aconteceria se resolvesse enviar uma mensagem toda vez que pensasse nela. Ele não teria tanto tempo livre. Ninguém tem.

Assim que passou pela porta, deixou de querer. Era esse o seu poder: ter o desejo nos calcanhares. Na manhã seguinte tomaria café sem ninguém nos pensamentos. Conhecia o sentimento apenas dessa forma, surgindo como um furacão, despertando do céu dele para o céu do outro. Por vezes, restavam apenas os destroços. Em alguns momentos culpava-se pela resiliência. Em outros, agradecia. Somente não gostava quando os amigos duvidavam do sentimento, que se mostrava passageiro. Defendia-se dizendo, que naquele momento, naquele exato momento, havia uma certeza do que preenchia o corpo. "Era amor, e é esse o nome que eu vou dar. Depois que o tempo passa e percebemos ser outra coisa, corremos para mudar o nome. Mas era amor. O sentimento é dono do seu próprio tempo. Naquele momento, naquele exato momento, havia uma certeza."

totalmente fora dos planos e ele se
apaixona tanto, por qualquer coisa
pequenina que passe voando; desacreditada,
com olhos grandes e sonhando, ele se
apaixona tanto, mesmo jurando, e de
pés juntos, talvez não tão juntos quanto
deveria, o azar foi todo dele, descer a
escada no mesmo momento em que
ela subia, se ele fosse um tiquinho mais
corajoso tinha dito bom dia, mas não,
diminui o passo para não acordar o
coração, imagina só a bagunça que seria!
ele descendo a escada enquanto ela subia.

Vítor e André se amaram muito
muito muito muito, até que acabou.
Vítor e Beatriz se amaram muito
muito muito muito, até que acabou.
Vítor e Caio se amaram muito
muito muito muito, até que acabou.
André ainda ama muito Vítor
muito muito muito, e sente
como se não fosse acabar nunca.

"O tempo é seu aliado, e nada mais",
disse um cara, agora há pouco na televisão.
Ele afirma, "Você se sente mal agora? Vai
passar... Você se sente bem agora? Isso
também vai passar. O tempo é seu aliado,
e nada mais". Paro de escrever. Noto os
farelos de borracha sobre a mesa e assopro.
Depois repito a frase para o quarto vazio,
"O tempo é meu aliado". Apoio o rosto
nas mãos e sinto os meus ombros serem
abraçados. Sem virar o corpo, pergunto,
"Quanto tempo até passar com o tempo?".

Eu estava sentado na laje de casa, numa cadeira de praia que nunca conheceu uma praia, e talvez nunca vá conhecer. O sol queimava mais os meus pés do que o meu peito, protegido por um livro de poesia que eu acabara de ler. Pássaros, que nunca saberei distinguir quais, cantavam pelas árvores do bairro. A vizinha escutava uma rádio popular em que mensagens de amor saltavam das canções. Aconteceu na zona norte de São Paulo, e duvidei, naquele instante, que alguém que estivesse em Paris pudesse ser mais feliz do que eu.

Faz dez dias que enviei um e-mail de amor e até agora não houve qualquer resposta. Sim, eu sei, o ideal era ter escrito uma carta de amor, porém a minha ansiedade permite trabalhar apenas com meios de comunicação que possam atender a urgência do sentimento. O problema nem é a falta de uma resposta, afinal, é uma carta de amor e não uma pergunta de amor. Na verdade, o que eu preciso, e preciso agora, é saber se o endereçado recebeu essa mensagem, ao mesmo tempo em que não posso enviar outro e-mail para saber se o primeiro chegou, pois nunca, escute bem, nunca se deve pedir por um retorno de uma carta de amor. Quando jovem, escrevi uma música que dizia, "gostar tem que ser sem pedir mesmo que seja sem querer". E, assim, continuarei, sem pedir para o amor e amando sem querer. Encerrei exatamente com essa última frase o meu e-mail de amor, este que não vou saber se chegou. Talvez a divindade responsável pelas mensagens de amor esconda algumas entre as nuvens ou fincadas em dunas de areia, pois ela sabe, não é tudo que deve chegar ao destino.

A incerteza corria
de um lado para o outro
parou e me perguntou
se o amor foi pouco

Eu disse que não sabia
o que era muito amor
foi o tanto que cabia
não acho que era pouco

Talvez agora
olhando sobre os ombros
alguém vai dizer:
coube mais em um
do que no outro

Primeiro a luz, depois o estrondo. A tempestade estava por vir. Fecharam as janelas e deixaram que a chuva tocasse uma canção. No escuro, falaram de amor pela primeira vez. A chuva se intensificou, o granizo batendo no telhado misturava-se às batidas dos corações. "Estou com medo", ele disse. "Eu também", o outro respondeu. Um abraço longo e tremido sentenciou o silêncio. No futuro, aquele que tinha medo do amor sentiria muita falta daquele outro, que morria de medo de trovões.

Sim, eu mudei um pouco.
Antes, quando me falavam:
– Eu te amo!
Eu perguntava o quanto.
Hoje, pergunto rindo:
– Até quando?

Ele chorou exatos um minuto e quarenta e quatro segundos. Por qual razão? Todas e nenhuma. Juntou desimportâncias e questões de vida em uma mesma bola de lã. Engoliu a bola, que se encaixou aos órgãos, e preparou-se para o afogamento. Apertou o peito. Desaguou. Segurou o medo nas mãos e o gosto do mar na boca. No fim, apertou os olhos como se espremesse a tristeza. A última gota deslizou vagarosa e parou no meio da bochecha. Ele, então, colocou uma música alta, entrou no chuveiro quente e desenhou um coração no vidro embaçado. Era o homem mais feliz do mundo. Chorava uma vez por ano. E não mais que dois minutos.

— E quanto tempo leva para ter certeza de que é essa pessoa, e não outra, o amor da nossa vida? — A vida toda. — A vida toda? E o que devo fazer enquanto não recebo essa certeza? — Você ama, oras bolas, e sem nunca ter certeza você chega lá. Esse negócio de amor é uma loucura. Não espere garantia nenhuma. Porém, é ele que nos transforma nesse feixe de sensibilidade que perambula pelas ruas. É essa incerteza que nos faz abrir as janelas com os olhos atentos, permitindo que seja dito "eu te amo" milhares de vezes para milhares de pessoas em milhares de vidas. — Interessante. — Não liga. Estou só divagando. — Eu te amo. — Eu também.

Ela não diferencia os sonhos dos planos e contou empolgada ao amigo que, assim que a tempestade passasse, pretendia iniciar um curso de poesia, viajar para uma ilha sem nome e matar uma vontade antiga — essa com nome. "Você sempre desiste dos cursos, não tem grana para viajar e a vontade é só um beijo, que você insiste guardar em segredo", disse o amigo, trazendo os pés dela de volta ao chão. Antes de responder, ela amansou a voz como quem fala com uma criança, "Pois agora é com o meu amor secreto que irei aprender poesia, e não vamos para uma ilha, vamos para uma porção delas, saltando de uma para outra, entregando quantos beijos o tempo permitir". Na outra ponta do sofá, ele estendeu o braço em direção a ela, se desculpando. Ela respirou fundo enquanto encarava a janela aberta, torcendo para um pássaro aterrissar no centro da sala e explicar ao amigo: mesmo que o céu desabe, ainda assim, ela não deixará de sonhar.

Ele escreve nas sombras e ela lê como se fosse o sol. Ela disse, "É lindo". Ele respondeu, "É seu". Ela sorriu, confirmando-se poesia. Quando chegou em casa andando em estrelas, ele foi questionado, "O que aconteceu?". Com as mãos no bolso, ele respondeu, "Mãe, acho que sou poeta, arranquei um sorriso que jamais será meu".

O "Quero ficar com você" se prendeu numa bolha de ar, entre a garganta e o peito. Estourou lá dentro. Eu nunca saberei ao certo o que perdi. Uma incerteza que vagará pelo corpo. Naquele momento, a frase valia ouro. Na semana seguinte, prata. Hoje, nada vale. Ninguém comentará nos livros, nos filmes ou nas poesias. O que não é dito nunca se transforma em história de amor. É só um arrependimento, cor de ferrugem, onde às vezes penso que não mudaria nada. Noutras, sinto que transformaria o mundo. Ainda que fosse somente o meu.

Um jazz, na ponta dos pés, escapa pelos fundos. Um cachorro late no portão e a rua toda responde. A cidade não dorme, mas também não dança. Com o céu está tudo certo, acabo de verificar. Não tem nada fora do lugar. Dentro de mim, não sei. Não consigo prestar atenção em tudo. Os dias não têm sido incríveis, claro, porém, as estrelas estão todas lá, esperando por sonhos e astronautas. Esperando por mim. Essa noite a vida foi somente isso, acredita? Só isso, e nada mais. Agradeci. E apaguei a luz.

**Stories**

Quinze segundos de uma imagem de
pouco movimento: a mão protegendo dos
raios solares somente meio rosto, os olhos
estão na sombra enquanto a boca brilha,
queimando; você sorri. Impossível saber
a quantos quilômetros daqui e quantos
sorrisos nos acompanharam nesse momento
de surrealidade. Por prudência me desliguei,
fui fazer coisas da vida, o que ainda se
faz fora do celular: lavei a louça e estendi
a roupa. Não foi uma fuga por medo, não
acho que me apaixonaria por uma imagem,
mas, acredite, os segundos se passaram
e o sol a mim também queimava. Fugi.
Como se fosse possível escapar de um
pensamento. Sentado no chão revivendo
o seu pequeno vídeo que sorria, notei que
as roupas já haviam secado. Não sei dizer
quanto tempo se passara entre o momento
em que a luz me apresentou o seu sorriso e
o instante em que as camisas secaram; de
qualquer forma, foi como se, nessa tarde, o
Sol resolvesse trabalhar apenas pra mim.

Um beijo acomodado no canto da boca
feito um pássaro que logo
que pousa voa...

A boca que virou pouco, o
rosto que não se ofereceu
e um pensamento que se agarra aos dois:
será que ele quis o beijo
ou quem quis o beijo fui eu?

Você me esperava no quarto enquanto eu tomava um banho. Me esperava para assistirmos a um filme. E para mais o quê? A casualidade dos nossos encontros cada vez mais nos aproximava. Não sabia se você pensava nisso como eu. Apoiei os braços na parede, enquanto a água cozinhava as minhas costas. Observei todos aqueles shampoos, condicionadores e cremes. Arrisquei sentir o cheiro de um deles. Era o aroma de maçã verde que morava no seu pescoço, que naquele momento descobri ser dos seus cabelos. Entrei no quarto e encaixei a cabeça no seu colo. "E aí, quer ver o filme?", você perguntou. "Quero ficar aqui", respondi. Você me apertou com os braços e disse, "A noite toda?". A vida toda, pensei. Essa foi a última vez em que estivemos juntos.

A cantora mal havia começado a contar sobre o beija-flor que invadia a porta de uma casa e roubava beijos antes de partir e nós já estávamos na segunda dança. Na verdade, era uma continuação da primeira, não sei se conta como segunda. Enquanto você apenas se concentrava em não deixar as minhas pernas embriagadas se enrolarem nas suas, os meus pensamentos tentavam encontrar alguma solução para que aquela dança não acabasse nunca. Beijar durante uma dança não é tarefa para amadores, beijar e pensar ainda menos, não sei como me mantive em pé. Na volta pra casa, senti que não nos veríamos de novo, e aproveitei o cheiro que ainda estava fresco na minha roupa para eternizar o encontro em verso. Dessa forma, sempre que alguém ler essa poesia, nós dançaremos mais uma vez:

nossa dança foi uma ótima viagem
pena que foi só de passagem
mas logo entrou na lista das cidades
— na frente de lisboa e buenos aires!
em que eu sonho um dia morar.

– ¿Por qué sufres? Tienes una familia, un empleo y mil amigos.
– Pero no la tengo a ella.
– Ella no lo es todo, es poco.
– Es ese poco lo que me mata.

Se você, do outro lado, dissesse, "Estou com saudade, por favor, apareça no topo da montanha para que eu possa ver você". Eu subiria até lá. Se você, do outro lado, dissesse, "Quero o seu beijo, venha para cá, estou logo após a enorme montanha". Eu atravessaria a montanha. Porém, você envia somente meias-palavras, que não me arrisco a decifrar. Guardo, assim, energia para aventuras que me desejarem. Talvez, meu bem, você seja a nossa própria montanha.

Seria perfeito: dormir no seu colo e acordar com um beijo; querer o bem de todos os homens que trombaram comigo na rua, principalmente os que nunca pediram desculpas; ter somente uma vontade, e não duas, para eu acreditar quando me falam sobre o amor; trabalhar somente ao meio-dia, com a casa vazia, ouvindo Clara Nunes e Luiz Melodia; uma semana sem calçar sapatos; um ano sem amar errado; um presente inesperado, uma noite inesquecível e uma pizza de ontem, ou anteontem, que vamos comer torcendo para ser de ontem; encontrar amigos, recordar as histórias de sempre e sorrir como se fossem novas. Seria perfeito, não seria? Se a nossa história fosse de verdade e não mais uma poesia.

O coração dela:
2.0
Turbo
270 cavalos de potência!
Vai do gostar ao tanto faz
em três segundos.

— Eu quero um beijo.

— Eu quero dançar na grama entre a tarde e a noite, com os olhos fechados e o barulho dos pés arrastando nas folhas. Quero dirigir seis horas para uma praia tão curta que muda de nome em cada estação. Quero chorar sem que seja necessário, apenas porque foi me oferecido colo.
Quero comemorar datas sem razão: dois meses que a samambaia chegou, quatro meses que tirei o gesso do braço, dois anos em que me formei. Quero brindar sempre que houver um copo nas mãos. Hoje, quero casamento com bolo e padre. Amanhã não quero. Gosto de quem deixa de querer de repente. Quero tanta coisa! O mundo não parece pequeno?

— Eu só quero um beijo.

— Viu só? A diferença entre nós dois.

Não conseguiram dizer uma palavra, naquele quarto mal iluminado, que poderia contar em detalhes a história dos dois. Eram íntimos, mas não se tocavam. Eram jovens, mas não se tocavam. Acreditavam com toda a certeza do mundo, daquele mundo que conheciam tão pouco, que aquela era a maior despedida das suas vidas. Tudo seria mais fácil se viesse um otimista do futuro contar para eles que surgiriam novos amores. Ou, um pessimista avisando que seria só a primeira de muitas despedidas. Mas, não vem ninguém, e a gente morre de amor por falta de aviso. Enquanto isso, todo amor é o primeiro e todo amor é o último, até que provem o contrário, quer dizer, até um novo dia amanhecer.

Fui tentar salvar uma garrafa de cerveja que estava caindo no chão e cortei o braço. Acho que é a primeira vez que sofro por amor nesse ano.

Hoje uma cliente foi soletrar o e-mail por telefone e começou: "C de cachorro, R de rato, E de elefante, S de saudade...". Fiquei surpreso, a tendência era ela ter dito "S de sapo", já que ela estava usando animais, mas não, saiu um "S de saudade". Eu quase respondi, "eu também... eu também".

Dormiu no sofá da sala, pois ele não cabia mais na cama, não cabia mais em nada, havia crescido muito nas últimas semanas. Olhava ao redor e não se encaixava nas conversas vazias, nas contas que não eram divididas e no amor que não se fazia companhia. Cresceu demais, então, precisava encontrar um lugar maior para os seus pensamentos novos e o coração velho, porém enorme. Dali por diante, aceitaria somente amores gigantescos, carinhos imensos e vontades que pudessem ser resolvidas no feriado seguinte. Cresceu de uma hora para outra, muitos não conseguiram acompanhar. Ele diz que foi pego de surpresa, passou semanas chorando e um dia acordou assim, enorme, grande demais para as saudades que sentia ou as paixões que o faziam sofrer. Foi obrigado a esquecer tudo e procurar algo do seu tamanho, pois o passado não lhe servia mais.

Deram as mãos pela primeira vez. E isso foi muito depois do beijo, do sexo e de confessarem medos. Aconteceu num momento banal, quando estavam prestes a atravessar uma rua qualquer. As mãos se atraíram como dois ímãs macios. Foi automático, elas nem perceberam. Foi como se os corpos tivessem dito: eu cuido de você e você cuida de mim. Seguiram de mãos dadas por todo o caminho. Atravessaram juntas muitas ruas a partir daquele dia.

Ela se achava feia, inexplicavelmente ela se achava feia, e, assim, eu passava dias dizendo o quanto ela era bonita. Ela, linda, agradecia. E ficava achando que eu falava por educação, por pura cortesia. No dia seguinte ela esquecia. Então, escrevi no espelho, "Você é linda!". Achei que se o espelho dissesse, ela acreditaria. Ela me deu um beijo e disse "bom dia". Falei durante o beijo, "linda". Dessa vez ela não agradeceu, somente sorriu com o canto da boca. Claro, ela já sabia.

— Cara, se eu tivesse uma máquina mágica, que desse a opção de você ser transportado no tempo ou no espaço, qual dos dois você escolheria?

— No espaço, claro, pra atravessar o oceano num segundo e estar perto dele.

— Sério? Você tem todo esse poder e usa para consertar um romance?

— Não, não, no tempo! Definitivamente no tempo. Para impedir ele de ir embora... ou ir junto com ele. Não tenho dúvida que eu usaria assim.

— Pensa bem... a distância entre vocês não é do tempo e nem do espaço. O que ele diria se você surgisse agora e o que mudaria se você voltasse para o instante em que ele foi embora? Ensaiamos no espelho o reencontro, esquecendo que nosso reflexo é diferente do coração do outro. A distância entre vocês é o sentimento. E isso, nem a minha máquina mágica pode resolver.

**Reencontro**

Ele correu correu correu
tudo que evitou correr pelas manhãs

Ela correu correu correu
numa velocidade que só a saudade
é capaz de conceder

O barulho do impacto foi imenso!
vinte e três pessoas se assustaram
seis delas assistiram

Ela disse, Eu te amo
Ele disse, Eu te amo
e os dois se amaram...
não há do que duvidar.

— Saudade?
— Só um pouquinho. Um pouquinho o tempo todo.

estávamos espalhados pela sala. eu e você
no sofá e os seus amigos sobre tapetes e
almofadas. seus amigos, não meus, por mais
que aparentassem ser meus também, já que
eu parecia estar à vontade, com uma taça
de vinho nas mãos e os pés descalços. em
minha defesa, me serviram sem perguntar
e disseram para eu tirar os sapatos antes de
entrar. não se engane, eu estava morrendo
de vergonha. sério, morrendo. porém, ia
tudo bem, não havia nada com o que eu
devesse me preocupar. gente jovem e bonita
conversando como se a vida fosse eterna.
mas aí, poxa, aí, desavisado, num momento
em que escutávamos a sua amiga explicar
sobre os astros, sério, aí, você me deu um
beijo no ombro e deitou os olhos sobre mim.
foi, tipo, por um milésimo de segundo, depois
você voltou a atenção para a sua amiga. e
foi aí, presta atenção, aí, que eu perdi tudo.

No meio da tarde, no meio de uma faxina,
no meio de um samba, que maltratava
bonito e sem pressa, você surgiu. Dançamos.
Girei com a vassoura três vezes e abri os
olhos. Gostaria que o seu celular alertasse:
"O Bruno acabou de sonhar com você.
Foi lindo. Clique aqui para ver".

Ela: Não precisa ter medo.
Ele: Mas é o nosso fim.
Ela: Dizem que o fim é um recomeço.
Ele: Você acredita nisso?
Ela: É claro que não, só quero você melhor. O fim é diferente do começo.
Ele: Então o que é?
Ela: O fim é canção de amor, lembra? Tudo aquilo que ouvíamos jovens era sobre o fim. O fim é o tempo te olhando nos olhos e dizendo, "Agora somos eu e você". E, olha, temos que fazer do jeito certo, tem que ser verdadeiro, pra poder fazer sentido, pra ser sentido! E pra amanhã... você tá me ouvindo?
Ele: Sim, fala.
Ela: E pra amanhã morrer de amor.

É, eu estava lá, fingi que não te vi e você fingiu que não me viu. Ao menos em fingir nós dois concordamos.

e se a gente desse um beijo e somente depois falássemos de nós dois? adivinhando no gosto da boca se vamos viajar no final do ano, se faremos planos ou se daremos risada das contas atrasadas. não contaremos de onde viemos, no que trabalhamos ou por quantas pessoas nos apaixonamos. seremos os primeiros ciganos de uma geração que lê o futuro no cheiro do pescoço. enquanto os outros escolhem os vinhos, pedem as contas e falam dos signos, nós encurtaremos o caminho, descobrindo se vale o risco das noites em claro, do coração inquieto e do pensamento tomado. antes de tudo, o beijo, e ter o mundo transformado, naqueles poucos segundos, em nossos olhos fechados.

Deitadas no topo do prédio observavam o céu azul-escuro, que escondia as estrelas como se a cidade não as merecesse. A fumaça do cigarro decorava o silêncio. Ana virou o corpo, apoiou o cotovelo no chão e disse, "Queria poder voltar no tempo". Beatriz passou para ela o cigarro, tirou um fio de cabelo preso na boca e perguntou, "Pra corrigir as besteiras que você fez?". Um avião, pequeno e insignificante, atravessava o céu. Ana tragou o cigarro e mexeu a cabeça de forma negativa. Depois largou a fumaça como se beijasse o vento. "Pra fazer tudo de novo", ela respondeu.

**A Esnobada**

Te mandei um beijo,
Mas como você não respondeu,
Eu acho que não chegou.
Beijo (esse é outro).

o futuro é logo ali, mas cada passo que
eu dou para frente ele se afasta, e assim,
desisto de buscá-lo. olho, então, para trás, e
observo que o passado também é logo ali, e
dou um passo para trás, até que ele consiga
me enrolar em seus braços pesados. no início
parece um abraço, aproveito para encostar
a cabeça nas lembranças e apoio meus pés
em histórias que inventei para descansar. o
presente me olha decepcionado, enquanto
o futuro segue dando os seus passos.
estou aqui faz três dias, aquele abraço
virou um aperto que dói a cada minuto, os
braços cada vez mais pesados, e o futuro
continua se afastando, mas o estranho é
que o presente se mantém no lugar, me
encarando, a um passo de distância.

No meio de uma noite sem fim, ele desejou, apenas por um segundo, a morte, arremessou o travesseiro que teimava em não dar encaixe e dormiu, não por culpa do sono, por um cansaço do tamanho de uma árvore centenária, de raiz profunda e histórias tristes. Quando acordou, aterrissou nos chinelos e fez, sem perceber, o que vinha fazendo nos últimos anos: viveu. Coou o café, tomou banho, pisou na rua e encolheu os olhos quando encarou o sol. Foi vivendo, vivendo, vivendo e esqueceu de morrer, o desejo se perdeu nas lembranças, pois ele nunca teve a memória boa, porém não esquece a data do aniversário da mãe e liga de longe para dizer o mesmo de sempre: "Cê tá bem? Te amo. Se cuida". O mesmo de sempre era maior do que uma árvore centenária.

Beijou sem saber o nome
Abraçou sem saber o nome
Se apaixonou sem saber o nome
Pediu o telefone sem saber o nome
Ligou sem saber o nome
– Alô?
– Oi, quer falar com quem?
– Não sei.
E desligou sem saber o nome.

O colar de pérolas se desfez no teu peito porque não te merecia, assim como o amor que você pensou ter encontrado no sábado e acabou noutro dia, te encolhendo aos olhos do mundo, que não percebe que o formato da tua boca, ombros e joelhos são composições de um absurdo que chama pelo teu nome. És inteligente demais para viver apenas aos fins de semana. Sei dos dias que passam sem que você arrume a cama e que você deixa o telefone fora do gancho, mesmo que nunca te liguem, apenas para dizer aos anjos que está sem tempo, pois viver come todas as tuas horas, os sonhos os teus minutos, a paixão os segundos e os milésimos de segundos. E a juventude continua sendo um compromisso inadiável, onde o tempo e o amor brigam para saber quem passa mais rápido.

Ele: Você não é feia, isso é óbvio.
Ela: Não ser feia não quer
dizer que sou bonita.
Ele: Mas você é linda.
Ela: Não foi o que você disse antes.
Ele: Pois tô dizendo agora.
Ela: Eu não acredito.
Ele: Problema é seu, e outra, eu
não tenho que achar nada, quem
tem que se achar bonita é você.
Ela: Também acho.
Ele: Acha que você é linda?
Ela: Acho que você não
tem que achar nada.
Ele: Então ótimo, mas que é, é.
Ela: Não sou.
Ele: Vamos começar de novo?
Ela: Não.
Ele: Linda.

Hoje, andando pela Avenida Paulista, notei que em frente a toda estação de metrô havia sempre duas pessoas se despedindo, a maior parte delas tentava ali, na despedida; o primeiro beijo. Provavelmente passaram a última hora juntos num bar ou café tentando arrancar alguma risada ou descobrir um ponto fraco, sabendo que o momento na porta do metrô seria ideal para roubar um beijo. Muitas dessas pessoas conseguiram, o que as fará gastar mais tempo na entrada da estação do que no bar. Como eu já disse, "a demora do tchau é equivalente ao quanto a pessoa quer ficar". As pessoas que não tiveram tanta sorte, voltaram para casa para escrever poesia sobre percorrer uma avenida assistindo a despedidas.

Desde que botei os pés no chão essa manhã o mundo todo resolveu perguntar como eu estou. Primeiro foi a vizinha enquanto eu passeava com o cachorro, depois o motorista do uber, o garçom, os velhos amigos que reencontrei e a minha mãe na sua ligação diária. Foi uma sequência de "tô bem", "tô ótimo", "aqui tudo certo", "bem, e você?". Não existe mentira mais fácil do que dizer que está tudo bem, mesmo que o teto tenha acabado de desabar, mas desconfio que a mãe e os amigos a gente não engana, e de repente o abraço vem mais apertado. No final da noite uma inesperada mensagem da dona das minhas perturbações, "Você tá bem?". Olho para o celular, as mãos ficam pesadas, o corpo se esvazia e surge a dúvida do que entregar na resposta: a verdade, a mentira, o amor. Cara, o amor. Como ainda posso escrever sobre o amor? Não, não, assim como não vou entregar para ela o meu amor, guardarei também meus dias descoloridos. Respondo: "Tô bem".

se eu soubesse que seria o último beijo, não teria sido o último beijo, mas a gente nunca sabe, não é? a gente nunca sabe das últimas coisas, do último abraço, briga ou despedida, sempre temos coragem, pois a gente acredita que vai ter um dia futuro, se eu soubesse ali, que não teria esse dia, eu teria pensado em algo melhor pra dizer, algo que fizesse ela ficar, mas eu não sabia, e assim tive coragem, e foi assim o último beijo.

Ela manda um boa-noite e amanhã eu tenho um bom dia. Faço malabares, entrego flores, ofereço o meu coração e ela dá risada, dizendo que não queria. Contrato uma orquestra para tocar a nossa música, chamo ela para dançar e ela dança, sozinha. Eu explico que é uma música para dançar a dois, ela responde dançando, "Essa música não é nossa, é minha". Ela dança a noite inteira, pois a orquestra não me obedece, estava também encantada, tocando só o que ela pedia. Ela sempre foi assim, dançarina livre; dona da música e da noite, dona de si. Dona do que quiser! E quando quer, dona de mim.

— Isso é seu?

— Não, eu acho que não.

— Mas tem o seu nome, não foi você que escreveu?

— Foi sim.

— Ué, você disse que não é seu e agora diz que foi você que escreveu.

— Pois é, fui eu que escrevi, mas lendo agora, depois de tanto tempo, não parece meu. Aliás, parece seu, não acha?

uma borboleta pousou no braço do menino. um susto arrematou o peito dele, não sabia se balançava o corpo ou corria para dentro de casa. por não saber, nada fez. logo se acostumou, aproximou os olhos e ficou encantado com as asas da cor de uma fogueira se apagando. ele abriu um sorriso e o inseto voou. então, olhou para o céu e depois para o próprio braço. sentiu falta mesmo antes de saber o que é falta. coisa de primeiro amor.

— Mas o problema nunca foi eu não saber o que quero, o problema sou eu querendo tudo, desejando absurdos e abraçando um mundo que não cabe nos meus pensamentos e muito menos nestes braços curtos. Vontade eu tenho de tudo, desejo eu tenho de tanto, mas do amor só você sabe o quanto. Eu lembro quando você dizia que feliz é aquele que precisa de pouco, e eu te entendo, mas o pouco pode ser um universo morando em dois olhos castanhos.

Por medo de dizer, Karina deixou uma carta no bolso direito da jaqueta de Isabella, libertando em palavras todos os seus sentimentos.

Isabella não verificava os bolsos antes de lavar as roupas. Jamais soube que aqueles pedaços de papel, que recolhera na máquina, eram farelos do amor de Karina.

Karina não confiaria mais nada nas mãos do destino.

Vem amanhã.
Ou nem vem.
Já me acostumei sózin.
Ou melhor,
pensando bem,
vem mês que vem.
Daqui um mês
já faz dezenove mês
que você não vem.
Se eu não estiver,
volta e vem de novo
noutro mês.
Quando chegar outubro,
eu vou também!
E a gente fica junto,
igual noutra vez.

Notei a menina do outro lado da calçada, duas vidas separadas pelo espaço de uma faixa de pedestre e o tempo de um sinal vermelho. A luz verde nos permite o encontro, os corpos atravessam a rua e os olhos atropelam-se. Chego ao outro lado e percebo que aqueles poucos segundos foram suficientes para conhecê-la mais do que a maioria dos seres dessa terra. Sei que ela usa jaqueta jeans mesmo em dias quentes, que ela nunca vai lavar o All Star que um dia foi branco e que leva a mochila apenas em um dos ombros, só não sei se por preguiça ou estilo. Eu abro um sorriso. Um homem passa ao meu lado e estranha a minha alegria solitária, afinal, são tempos difíceis para rir sem motivo. O olhar dele é recebido pelo meu, os rostos envergonhados seguem cada um para o seu destino e, naquele momento, sinto que a vida é isso, um esbarrar de olhos.

Ele: Você disse, "Eu te amo". Você disse, quase todas as noites.

Ela: E eu amei, muito.

Ele: Então, por que vai embora?

Ela: Eu mudei, você mudou e o amor mudou com a gente.

Ele: Não pode ser, eu aprendi que o amor é pra sempre.

Ela: Ei, sobre o amor a gente nunca aprende.

Ela mandou uma mensagem: Vai ver a lua. Eu fui. Procurei e não a encontrei, estava escondida entre os prédios. Porém, continuei ali, olhando para o céu, com a certeza de que dividíamos a mesma lua e a mesma vontade de estar juntos.

Passaram-se poucos minutos quando ele notou estar cantando uma música que não costumava gostar, de um artista que ele nunca ouviria. Notou e logo se calou, tentando impedir uma transformação inevitável das suas predileções. Dias depois, foi pego no quarto dela divertindo-se com a mesma canção, sem que desse tempo para qualquer disfarce. Ela achou bonito, mas não deixou de lembrá-lo que num passado próximo, ele havia dito que odiava aquela música. Sem jeito, defendeu-se: quando você gosta de algo, passo a gostar um pouco também.

Se eu soubesse
Que aquele beijo
Mudaria toda a minha vida
Eu não beijaria.

Obs.: Ainda bem que eu não sabia.

— Quero você aqui.

— E eu quero ser sua, mas sou um beijo que roubei da lua e não existo pro amor, por isso eu não vou.

— Quero você aqui.

— E eu quero ir, mas me perco no caminho e tropeço nas dores dos amores antigos, por isso eu fico.

— Eu sei, e ainda quero, sempre quero, cada dia mais.

— Quer, pois sabe que eu não irei; você deixaria de querer assim que eu pisasse com os pés na sua casa, por isso visto estas asas, e voo pra longe dos homens.

Posso te amar às seis da tarde, mas não quero, quero às nove. Você tratou de me entregar às cinco a sua parte, para adiantar o processo do amor. O amor não se adianta. Não adianta. A gente nunca amou no mesmo horário, né? Teu relógio é um inferno. Tem que amar de manhã cedo, com os olhos entreabertos. É difícil amar após o almoço. Nunca amei na madrugada, e você? Só senti saudade, mas saudade não tem hora e vergonha na cara, vem e vai quando quer. Vamos marcar então às sete, o começo da noite, o fim da tarde. Mas vou me atrasar. Estou atrasado. Desisti. Já é tarde demais pra nós dois.

Chego em casa como se a vida fosse uma jornada em busca da minha cama. Ao abrir a porta decepciono o cachorro com pouco carinho e logo tento tirar a camisa que se agarra às minhas costas, no meio da luta consigo arremessá-la no sofá. Depois trato de tirar o cinto, a calça, os sapatos e as meias. Meu deus, como é difícil tirar as meias, uma fica na escada e da outra consigo me desfazer no quarto. Vou me descamando pela casa, deixando um rastro de cansaço. Quando chego na cama, feliz e acreditando estar sozinho, ela dá um jeito de invadir os meus pensamentos como quem pergunta, "Achou mesmo que não pensaria em mim o dia todo?". O teto me olha e implora para eu escrever um texto bobo contando o quanto desejo que um dia ela se transforme numa camisa jogada no canto do meu sofá, de que eu me desfaço para dormir realizado após um dia que parece não ter fim.

Eu tocava o seu rosto como um ator que interpretava um cego. Quando as minhas mãos reconheceram você, caminharam uma para cada lado para fazer um carinho que terminaria colocando os seus cabelos por trás das orelhas. Você sacudiu a cabeça para afastar as minhas mãos e cerrou os dentes, rindo de uma vergonha que não existia. Acordei. Busquei os chinelos com os pés. Escovei os dentes. Coloquei água para ferver. E não daria mais nenhum passo na vida até sentir o cheiro do café. Com o passar do tempo, sonhar com você passou a ser mais um dos meus pequenos afazeres. Não me desagradava, nem mais nem menos, do que lavar uma louça, mesmo que a água que corresse pela torneira estivesse gelada.

jurei que ficaria em casa
a noite bateu na porta
eu fingi que não estava
a noite pulou a janela
me tomou pelos braços
me arrastou por três quarteirões
e me entregou à lua
fui raptado
forçado a dançar
se eu não voltar pra casa
me busquem
por favor
me busquem
nos braços de alguém

# 3.

## Lembretes para deixar na geladeira ou no coração

Como posso sentir a chuva de
um céu que não é meu?
Chover de dentro pra fora,
como se no meu corpo o céu morasse,
como se a chuva fosse eu.

Não bastasse o fato de estar numa rocha gigante flutuando pelo Universo, ainda consigo arrumar tempo e espaço nessa cabeça maluca para questionar pequenezas. Quando olho no espelho me deparo com o mesmo rostinho de sempre, sem acreditar que eu sou eu, às vezes até sem desejar ser esse rostinho, pois tenho assistido a esse filme por trás dos meus olhos durante muito tempo, o suficiente para dizer, "chega, serei outro agora". Questionar a existência deveria ser o bastante para que eu não me preocupasse com o encontro do Tinder, as eleições, o meu time do coração, ou a falta de alguém. Afinal, o que é a saudade perto desse sentimento de "o que diabos eu tô fazendo aqui?". Sejamos sinceros, para o meu corpo sobreviver ele precisa de água, carboidratos, proteínas e vitaminas, ele não precisa dessa sensação de pertencimento, alguém dizendo que me ama. A gravidade tem feito o seu papel muito melhor do que qualquer carta de amor. Mas, no fim do dia, o que me incomoda é a mensagem não respondida. Sério, o que diabos eu tô fazendo aqui?

Preciso namorar um poeta, que use roupa e chapéu de poeta. Alguém que escreva com letras miúdas e nunca entregue a certeza de que sou dono de qualquer poesia. Preciso casar com um poeta. E sumir. Depois ler versos de saudade, sonetos de lembrança e dedicatórias em livros que gritam "não são para você, apesar de possuírem o formato do seu corpo". Preciso amar um poeta, pois, só assim, me vingarei do que sou.

Dentro de mim guardo quatro corações. Três deles, os mais velhos, estão ocupados pelo passado. Eles são confiáveis, pouco se arriscam ou me surpreendem, falam apenas coisas de que eu já sei. Já o mais jovem dos quatro é avoado, tropeça no dobrar da esquina e olha demais para o céu — me lembra dos corações velhos quando jovens. Naquele tempo, eram oito corações. Desde lá, foram se quebrando, enchendo ou pesando. Restaram quatro. O coração jovem, a todo momento, me questiona sobre o amor, querendo saber onde o encontra. Pergunta com um brilho nos olhos que somente temos enquanto ainda não deixamos de olhar para o céu.

Não entendo o amor e ainda assim não o tiro da boca. Das coisas que não compreendo, geralmente me afasto, porém, do amor, estou sempre a um passo. Sou um covarde, deixando claro para quem ainda não percebeu, quero somente o doce da vida. Mas, de repente, o ódio me intrigou, resolvi escrever sobre ele. Está na moda, não é? Desmerecer uma coisa ou ter raiva de outra. Eu mesmo, durante esses tempos recluso, me peguei odiando uma porção de vezes: um homem, um comentário, um barulho do vizinho. E ficou claro, odiar é muito mais fácil do que amar, talvez por isso o clube seja tão grande. Escrevo esse texto ao som de Maria Bethânia, "As Canções Que Você Fez Pra Mim", enquanto uma brisa, vinda sei lá de onde, toca o meu pescoço. E, caramba!, como é difícil ter ódio assim.

Não importa, continua sendo arriscado, sem papo de destino. O cara novo do trabalho, a garota da faculdade, a moça da fila do banheiro, do banco ou da festa. Por isso eu evito pegar fila. Mesmo você dizendo que não tá procurando, que o coração está em reformas e o celular desligado. Mesmo quando a gente não tá disposto, sabe? Ainda assim é arriscado, sério, pode acontecer. De repente surge uma chuva fazendo o barulho exato de um carinho no cabelo. Sei lá, não tem como prever. Às vezes, a gente chama pra dançar sem saber que é pra sempre.

É uma coisinha lá dentro, difícil de explicar. Um pontinho que não fica no peito nem na barriga, está entre eles, no centro do corpo, aquecendo apressado, implorando para que algo aconteça, sem explicar o que estamos esperando. É este o sentimento: de espera. O pontinho vai esquentando até virar uma bolinha em chamas, um pequeno cometa pedindo algo. O quê? Não sei. Na dúvida, faço tudo: envio mensagens, resgato lembranças, faço um pedido, medito, asso um bolo, coloco uma música para tocar. Às vezes ao mesmo tempo, às vezes só penso em fazer. Até que esse calor desaparece, e no lugar dele surge uma porção de bolinhas geladas, o inverno em cápsulas. É nesse momento, exatamente nesse momento, que acontecem todas as besteiras que eu tenho feito.

Hoje foi um dia ruim que passou rápido. Estranho. Dias ruins são morosos, mas esse demonstrou uma pressa de quem sente que está no lugar errado. Talvez ele saiba de algo que está guardado para mim nos momentos que estão por vir. Ou somente teve pena: de mim, do bairro, das pessoas nos escritórios minúsculos. Detesto essa pressa. É o meu dia ruim, com os minutos e os milésimos de segundos ruins. Só faltava essa. Perder de vista a vida até nesses tempos que não valem nada. Por isso não tenho dormido nas últimas noites. Não é insônia. É quando busco os meus minutos roubados. Um por um.

Então, solidão é isso, o sentimento desacompanhado; na cabeça o inferno, nas mãos a dúvida; os sonhos espalhados e tudo ficando para o amanhã. As músicas escolhidas dizem que ser sozinho é bom quando a gente quer. Mas eu não quero. E as nuvens que deveriam estar nos meus pés tornam-se fumaça nos meus ombros. A noite é minha. E o que tenho feito com ela, além de dizer qualquer nome, mandar e-mails e inventar saudade? Mas o pior, me escute bem, o pior é que, quando a rua voltar a ser rua e me convidar para dançar, direi no primeiro encontro, "Prefiro ser sozinho". É essa a minha loucura, sou sempre o que não quero, e quando quero deixo de ser o que sou.

Acreditar no amanhã é exercício diário por aqui. Tudo tem um cheiro de esperança, de que acordaremos num dia normal, mesmo que o normal esteja longe de ser o aceitável. Você sabe que assim que pisarmos na rua vamos passar a desejar os céus? Nada nos basta. Poxa, falando assim é lindo. Nada-nos-basta. O sonho e a ganância vivendo a um passo de distância. Porém, confesso, tem sido fácil identificar os verdadeiros sonhadores, quando escuto as vozes que parecem um assovio, dizendo que tudo irá mudar, que no primeiro pouso do pássaro deixaremos o celular guardado e o atingiremos primeiro com o olhar. Infelizmente, eu não penso como eles, acredito que vamos demorar a notar os pássaros e que, diferente deles, nunca saberemos lidar com a liberdade. Mas, hoje, peço que ignore os meus pensamentos, recomendo que ouça os sonhadores.
Mais do que nunca, é preciso sonhar.

Desistir: abrir mão voluntariamente de (algo); abster-se, abdicar, renunciar. Olha que coisa mais linda, sério: abrir-mão-voluntariamente. Tem quem ache que é coisa de covarde. Queria eu ter esse poder. Simplesmente deixar pra lá, pra trás, pra nunca mais. Manter as memórias e não querer nada com elas. Esquecer sem esquecer. Que inveja desses seres, que sabem da possibilidade da desistência. Até me imagino contando: "Ela parecia um pôr do sol, da cor das bailarinas. O sabor era de pipoca meio-doce-meio-salgada. E respirava fazendo o barulho que dorme nas conchas. Mas, passou o tempo e eu desisti. Achei melhor".

Dei de querer carinhos, passou o vazio
do sexo, do dinheiro, do poder das coisas.
De repente, a vontade das mãos dadas
e, arrisco dizer, da vida compartilhada:
dividindo por dois o nascer do Sol. Durante
o almoço, comentar sobre morar juntos,
depois pedir para passar o sal. É o que
chamam de futuro, certo? Envelhecer, ir
às reuniões da escola, presentear os netos.
Pensamento que me experimentou. Deixei.
Não combina comigo, mas visto de longe é
bonito. Isso é por estar muito tempo dentro
de casa: me imaginar topando com o amor
na esquina, assim que eu pisar na rua. Hoje,
dei de querer carinhos, pois ainda sou dono
das minhas loucuras. Amanhã, vou abrir a
cortina e conversar com as plantas. E o Sol
nascerá, sobre a janela, inteiro pra mim.

Me acostumei tanto a gostar sozinho que me atrapalho todo nessa de gostar junto.

Ontem, salvei o mundo lendo um livro, um só, e não lembro de ter feito outra coisa o dia todo. Indico: *Tempo de migrar para o norte*, de Tayeb Salih. Alguns dias atrás, assisti a uma aula de ioga sentado no sofá, completamente impressionado. Acredito que foi na terça-feira em que coloquei o lixo para fora e decidi organizar os discos. Decidi, mas nada fiz. Tem sido assim, decido num dia para realizar em outro, criei as minhas próprias burocracias. Da mesma forma que decretei ontem que hoje assistiria a *Atlantique*, um filme senegalês, indicação da moça do Tinder. Estou esperançoso que o filme salve o mundo hoje. O meu mundo. Um mundo em que, de repente, virei dono do tempo e me permito ser herói, ainda que cochilando no meio da tarde, ainda que confuso e cheio de medo. E não ouse me cobrar coragem.

toda vez que saio de casa tenho a sensação
de estar indo em busca de uma história
que está guardada pra mim, como se na
esquina, no bar, na lua ou no meio de uma
música que eu adoro (e nunca lembro o
nome) alguém vá perguntar "quem é você?",
e eu responda com uma timidez que só
me é concedida quando os meus olhos são
invadidos. desconfio do amor, mas é difícil
enganar, ainda procuro por ele, e mesmo
que agora eu caminhe olhando para os pés,
os meus pensamentos ainda moram nos
céus. não tem jeito, eu quero as estrelas.

Sou um ateu cheio de fé, tem quem me chama de inocente, é que não acredito nos deuses, mas torço muito para que eles existam. Toda manhã coloco café para um santo que não sei o nome, só porque a minha mãe também o fazia. Tenho fé na minha mãe e não no santo. E deixo a bundinha dos elefantes de cerâmica viradas para a porta e aceito agradecido qualquer axé, não sou bobo de negar o que me quer bem. Em Minas, a minha vó me ensinou a fazer um sinal com as mãos sempre que passo na frente de uma igreja. Esses dias tiveram a ousadia de me questionar, "Por que você faz o sinal da cruz?". Mal sabem que o sinal é da minha vó muito antes de ser da cruz, é o meu jeito de sentir ela por perto. Astrologia sempre achei bobo, até conhecer uma mulher que falava tão bonito sobre como os signos e os astros influenciavam a vida dela, que se aquilo não era verdade, sério, passou a ser naquele instante. Nunca mais esqueci aquele sorriso e os olhos gigantes (coisas de taurino).
Foi tão bom e inesperado o encontro que desconfio que a sorte veio da bundinha dos elefantes. Na dúvida, comprei mais um.

não, eu não sou casado. e não estou namorando. não estou ficando. não estou uma porção de coisas. geralmente tem alguém que acha que está alguma coisa comigo, mas dessa vez nem isso. não estou nada. mas tem alguém. alguém que tem me enviado "boa noite" todas as noites. um boa-noite que tem cheiro, e se tem cheiro é alguma coisa. mais do que qualquer outra coisa que eu tenha tido nas últimas noites. então, é isso que eu estou, estou ganhando "boa noite". uma mensagem que chega e cumpre o seu dever, pois a noite fica realmente boa. o sorriso arrancado de longe escurece o quarto e me coloca na cama. antes do corpo adormecer um pensamento me escapa: já sou mais dela do que deveria ser.

Sempre ferrado e sem grana, simplesmente não consigo guardar dinheiro para um futuro que não sei se existe. O hoje está nas minhas mãos e é fácil querer viver naquilo que piso, as nuvens me parecem verdadeiras assim, com sonhos pequenos e realizados, um sorriso para cada plástico-bolha estourado. E eu me estouro junto nessa história de viver a vida toda num dia, mas é o que cabe em mim. Tento ser diferente e o diferente foge na primeira terça-feira em que me vê saindo pra dançar, como se houvesse dias certos para se divertir, não é por acaso que as sextas são para os amadores, os mesmos que têm um cartaz na parede da sala dizendo "... estude enquanto eles se divertem, persista enquanto eles descansam...". Opa, se puder escolher fico com a turma do "se diverte e descansa". Me falta ambição, eu sei, mas seguirei sendo irresponsavelmente feliz, gastando quando não devo e amando quando não posso. Ninguém vai entender, é uma confusão quando os defeitos ficam na mesma coluna das qualidades.

na tristeza me apego à pequena gentileza
do carro que diminui a velocidade e o
corpo que acena de dentro com as mãos
abertas para que a gente atravesse a rua
sem ter que correr, afinal, para que correr?
ou no esbarrão no metrô em que a gente
se desculpa e escuta um "não foi nada" de
alguém que, assim como nós, vive o céu e
o inferno nos pensamentos. acho bonito
alguém entregando o lugar na fila, como se
a vida não pedisse pressa, como se a fila não
fosse o tempo diminuído. acho bonito quem
responde com frases longas para o idoso e ri
junto das piadas sempre feitas. acho bonito
quem sorri junto. e no gesto do desconhecido
encontro uma bondade pequena e salvadora,
que nos salva de nós mesmos. acho bonito.

hoje, aqui dentro, não teve tempestade
mas choveu o dia todo
garoa fina, leve e despercebida
notei somente no final da noite a falta do sol
no banho gelado cantei para não chorar
um samba que pede para ter cuidado
pois a gente se acostuma com a tristeza
e sem perceber carrega
o peso do corpo alagado

Perdidinho! sem rumo e sem caminho. Ops, sem rumo e sem carinho. Sem música cantada no ouvido e sem projeto de ficar juntinho. Sem grana e sem "boa noite, amorzinho". Olho pela janela e a cidade está mais triste do que eu, não sei se cuido de mim ou cuido dos meus vizinhos. Enquanto penso, não cuido de ninguém. Dentro de mim notícias ruins e lá fora notícias inexplicáveis. Faz muito tempo que não vejo o amor, não sei mais com o que ele parece, sumiu logo após eu ligar a tevê. Sem rumo. Sem caminho. Quem foi que disse que o amor é azulzinho?

Desmorona tudo dentro, a gente ergue, cai tudo de novo e a gente reergue metade, acorda sol e morre tempestade, agarra qualquer peito achando que é amor sem saber que é só vontade, uma vontade irresponsável de apoiar-se num novo lugar, pelo simples cansaço de desabar. Eu não nego o carinho, apenas desconfio. Eu não recuso o amor, apenas duvido. O abraço é cuidadoso para não machucar, é que tudo tem desabado facilmente aqui dentro. Mas eu prometo, não deixarei de olhar nos olhos.

Gostaria de saber de onde diabos vem, esse amor sem ninguém, essa maldição de estar sozinho. Dane-se o amor-próprio, já cansei de me amar, me levar para jantar ou nunca ter com quem dividir a conta do bar, que não tem sido barata e nem carinhosa. Me deixe querer um amor de cinema, ao menos um pouquinho, ter um "bom-dia" só meu, de alguém que saiba que o chão de casa é gelado de tanto andar com os pés descalços, alguém que saiba a camiseta certa para usar do meu guarda-roupa, e que não tenha a chave de casa, pois sabe que a porta está sempre encostada. É isso, hoje acordei querendo um amor, pô, me deixe querer! Sério, vou colocar um cartaz na porta de casa avisando, "Tô querendo amar!". E se ninguém bater na porta até as oito horas eu desisto, volto a me amar sozinho, mas hoje eu quero, juro que eu quero, dizer "Eu te amo" e ouvir "Eu também".

Eu não me engano mais, cansei de mensagens motivacionais que têm a fragilidade de um abraço frouxo, conselhos mentirosos que ignoram os dias em que a gente finge dormir para não ver o tempo passar, dias em que o travesseiro é o tudo e o pouco que temos para nos salvar. Quem vai falar das noites tristes? Não foi o Sol que me ensinou sobre o amor, também somos feitos de Lua, feitos de dor. Falta verdade para sorrir além da boca, atingir os olhos e lembrar sem medo dos tempos sombrios. E tem quem duvide que fui triste, e prefiro o amigo que diz logo após o brinde, "Nunca foi fácil viver".

De repente, sem que alguém avise, ou uma sirene toque no topo da casa, eu passo a recriar histórias vividas, onde eu digo coisas diferentes do que disse, acreditando que uma cena específica tenha sido o ponto de virada. Me iludo pensando, se as palavras e movimentos daquele dia fossem outros, o meu sentimento agora também seria outro, me esquecendo que, quando aconteceu, eu sentia outra coisa, e as palavras ditas foram exatamente as que tive vontade de dizer. Eu agradeço a inexistência de uma máquina do tempo, que apenas me faria errar diversas vezes, num mesmo momento, sem me dar chances de seguir em frente.

Não tenho sentido nada, e sei que os sentimentos não foram embora no meio da noite, eles teriam me avisado, está tudo lá, num silêncio que está me matando. Talvez eles tenham desistido. Afinal, amar cansa, odiar cansa, e até ser feliz tem cansado, ocupar todas as noites a cabeça não é fácil, e nem barato. É, às vezes ser feliz cansa, dá pra acreditar? Pois até isso cobram da gente, uma felicidade inatingível. Bom, vou permitir o silêncio, observar e entender onde pode me levar. Até pouco tempo atrás estava uma gritaria danada nos meus pensamentos, de repente essa mudez. A calmaria me assusta, mas vou torcer para que seja o corpo me dando um tempo e nada tenha desistido aqui dentro.

Essa noite resolvi fazer como antigamente, como na época em que eu ainda não me arriscava a escrever e buscava a poesia de outros para dizer o que sinto. Queria um texto do Caio que atingisse ela bem no meio, sabe? Mas na busca, acabei sendo eu o atingido: "Tem que ter coragem de olhar no fundo dos olhos de alguém que a gente ama e dizer uma coisa terrível, mas que tem que ser dita". Sempre adorei e detestei esse texto, pois é honesto no começo, mas termina com um bondoso "Vai passar". Será que ele acredita nessas palavras ou somente tentou entregar a esperança para alguém? Eu mesmo sempre digo que vai passar, digo sem acreditar. No fundo ele sabe que talvez não passe nunca e que essa dor vai continuar sambando em nosso peito de salto agulha. Torço ao menos para que tire o salto, fique descalço e pise mansinho. Tem que ter coragem para aceitar que não vai passar. É muita coisa nos pedindo coragem, Caio. Muita coisa. E eu ainda durmo com a luz do corredor acesa.

Quero que tudo se exploda, do fundo do meu coração, menos as coisas que dizem ser em vão, aquelas pequeninas, que apesar de devorarem o teu dia, você não conta para ninguém, pois acha coisa boba. Aquele amor que durou meia hora. Aquele "Eu te amo, mas vou embora". O olhar sem nome. O beijo que deu ontem e a notícia que chegou hoje, "Ele começou a namorar". O e-mail que a gente guarda para ler de vez em quando. O sonho que a gente não sabe se pode sonhar. O encontro no elevador. Aquele cara que você conheceu ontem. Aquele que, você gostou tanto, tanto, mas não sabe o nome. Ainda bem. Bom mesmo é não saber, e guardar uma vida toda de pequenos segredos, lá, dentro da gente.

Sempre fui do amor louco, da paixão
noturna e soturna, e não só gosto que
tirem os meus pés do chão como também
peço para que os arranquem, fazendo eu
desabar durante meses até cair na real.
Sou das mordidas nos ombros e despedida
exagerada, do amor que começa sabendo
que o fim tem hora e passagem comprada.
Mas o passado e a ressaca me trouxeram a
vontade de um amor sereno, um amor fácin,
embrulhado em plástico-bolha.
Um amor que saiba andar de mãos dadas e
discute como se estivesse fazendo elogios.
Alguém para dividir a fantasia de Carnaval
e que tenha o sotaque mineiro, deixando
a voz ter o som do carinho. Um amor com
tempo de olhar para o céu imaginando
alguém lá de longe nos encarando de volta,
nos chamando de estrelas. Pois, mesmo
que eu não entenda quando a música diz
"com sabor de fruta mordida", sinto ser
isso o que eu quero, desse jeitinho: no
embalo da rede, matando a sede na saliva.
Eu quero a sorte de um amor tranquilo.

tenho na cabeça uma ideia de amor
desenhada. quando encontro algo, com
os mesmos traços e cores, percebo logo
que a minha ideia de amor é outra. e vou
amassando papéis e sendo amassado,
tentando ser artista de olhos e narizes que
eu nunca soube desenhar (aliás, invejo quem
sabe). ainda assim, ouso definir o amor por
mil vezes, como quem fala da beleza de um
país em que nunca pisou. ninguém sabe o
que é o amor até o momento da descoberta.
qualquer coisa antes disso é desenhar com
as mãos sobre os olhos. a gente não sabe o
que é o amor. ponto. até a hora que sabe.

O sonho morre sim, dentro da gente, entre buquês e presentes, morre para nascer diferente, com outro tom de cor, um azul quase verde. Sonhos morrem o tempo todo para nascer de novo, entre viagens e estações de metrô. Em um dia de sorte, o sonho morre, um dia de azar e o sonho morre. Ele morre ou realiza e chove, para não se transformar numa nuvem cinza e carregada, pronta para chover, mas que não chove nunca, apenas pesa o nosso céu.

O telefone não toca, ninguém liga, e quando ligam não é um pedido de carinho, é alguém cobrando o cartão de crédito que se divertiu passeando pelas festas da cidade sem pensar no amanhã. Deixo tocar. É isso que tenho feito, não tenho mais atendido aos pedidos estúpidos de um corpo que esqueceu que tem dono. E não me engano, se me ligarem dizendo que dessa vez é outra coisa, que é papo de amor, desligo antes de perguntarem o meu CPF. Que parem de cobrar o dinheiro e o amor que não tenho.

Abra os olhos sem medo, mas não por inteiro, deixe uma parte morando nos sonhos. Não encare a realidade por completo, não tão cedo. É, eu sei, não aconteceu metade das coisas que você imaginou quando criança, a maioria deixou de querer no caminho ou nem chegou perto de tentar. Porém, o inesperado esteve aqui, certo? Aquilo que não habitava em você e, de repente, tornou-se desejo. Não temos compromisso algum com as nossas vontades, podemos mudar a qualquer hora, basta que o dia faça menos ou mais sol. Não se apegue aos sonhos, mas mantenha sempre um lugar para eles, pois a gente nunca sabe o que vai mexer com o nosso coraçãozinho amanhã. Ouviu? A gente nunca sabe.

Um dia eu vou acordar e nunca mais falar sobre o amor, um dia eu vou. Vou largar tudo em São Paulo e correr pra Salvador. Ah, um dia eu vou. Te ligar à meia-noite pra dizer que te amo e logo depois pedir desculpas dizendo que era engano. Vou te esquecer ou me esquecer, e esquecer tudo que me faça pensar coisas tristes, e vou esquecer te amando, pois me conheço. Vou correr uma maratona num sol de rachar só pra depois ir pro bar e dizer orgulhoso que hoje eu mereço. Um dia eu vou, eu juro que vou, te esquecer assim que despertar e encostar os pés no chão, abandonando sentimentos e fugindo de mim, quem sabe pra Bahia. Qualquer dia eu vou.

Se eu contar que foi o tempo, você acredita? Ele que passou apesar dos meus impedimentos, me atropelando até quando pedi calma. E já não sei ao certo o quanto dele passou por mim. O calendário diz que faz mais de trinta anos, mas essa medida foi criada por homens derrotados pela própria invenção. Não dá para dizer apenas com números o quanto de vida passou por aqui. Imagina, então, saber o quanto de vida está por vir. Seria uma loucura. A resposta deve estar guardada, numa carta fechada em fios de prata, no bolso dos anjos mais inquietos. O tempo, que me fizeram acreditar, existe apenas quando observo os relógios. Acabei de olhar, são 18:24 de uma quinta-feira e estou perdendo mais um pôr do sol. Talvez seja esse o segredo que guardam os anjos: o tempo é medido pelo sol que nasce e morre sorrindo; esquecer o sol é, além de pecado, tempo perdido.

Eu sempre me lembro das coisas de um jeito mais legal do que foram na verdade, por isso essa saudade de tudo.

Ficar em casa me fez notar que compro discos demais para quem coloca sempre os mesmos para tocar. Não somente os discos, também uma porção de roupas paradas no armário. Para que tantas se uso sempre a mesma combinação: preto quando estou inseguro e florido quando a pretensão é maior que a lua que cuida da noite. Tudo acompanhado do mesmo jeans, uma calça acostumada a assistir às vitórias e derrotas de uma vida que faz o possível para entregar novidades, enquanto insisto em repetir músicas e vestuário. Também sou viciado em rever filmes e reler livros, como quem repete os sentimentos, decorando falas e versos, sentindo-se confortável em saber o caminho e o fim. Posso passar uma tarde contando a lista dos meus repetecos: vinho, sabor de pizza, marca do sabonete e um amor. Isso, um amor, sempre o mesmo, e não cito o nome e sobrenome pois aqui não há confusão, é um só, tem sido chamado assim faz tempo. Tenho a esperança de que o nome mude ou alguém roube o nome para si, acredito que possa acontecer, ainda que com poucas chances, o que tenho certeza é que será mais fácil surgir um novo amor do que desfazer-me da minha calça favorita.

Vou no forró desde os meus quinze anos. Danço melhor do que escrevo, beijo e canto. Resumindo, a única coisa que faço direito. Sei bem que, quando piso no salão, em algum momento alguém vai interpretar Dominguinhos, o meu poeta favorito. Dancei as suas canções inúmeras vezes, mas demorei a dar razão para esse tal de "Eu só quero um amor que acabe o meu sofrer". E precisa de alguém para esquecer outro alguém? Confie em mim, depois de um tempo, precisa. Precisa muito. Pode ser de mentira, pequeno ou grande. Pode ser de longe, rápido ou eterno. Aqui tem um espaço vazio, e ele não é ocupado por amor-próprio, desculpa, o meu não é. O formato é outro. O vazio é outro. Por mais que seja possível dançar sozinho, "o amor é melhor a dois" — isso foi outro forró que me ensinou. Agora, danço sempre de olhos fechados e repetindo comigo, quase como uma oração, um pedido, "Que acabe o meu sofrer".

**oração**

o meu sentimento não é o
sentimento do outro
o meu sentimento não é o
sentimento do outro
o meu sentimento não é o
sentimento do outro
o meu sentimento não é o
sentimento do outro
o meu sentimento não é o
sentimento do outro
e vice-versa

*repete 2x

Existe o sonho que não é inconsciente. É um sonho em que escolho cenários e personagens. Ele pode ser criado antes do sono, num passeio com o cachorro ou andando na praia com os chinelos nas mãos. Nesse sonho eu ganho na loteria e brinco de salvar o mundo, logo depois de festejar em metade dele. Ou lanço um livro, estreio um filme, derrubo um governo (às vezes os três num sonho só). E tem aquele na casa da montanha: a fumaça apresentando o café feito, o abraço quente de um moletom roubado — o meu favorito —, o cachorro enorme no tapete em frente à porta e o beijo de alguém tão impossível quanto um bilhete premiado. O que me incomoda é que se eu pudesse escolher um dos sonhos para ser realizado, não saberia dizer qual. E sinto, de coração, que eu deveria saber.

O destino pede em segredo para que eu siga os seus passos. Ele insiste e envia bilhetes. Fui cordial no início, expliquei com calma que caminho em estrelas que morrem e renascem todos os dias em lugares diferentes, o que me impede de seguir uma história já escrita. Ele se faz de desentendido e segue pedindo, gritando enquanto durmo, dizendo que a vida não é coisa para se caminhar no escuro. Com o tempo perdi a paciência e contei que o meu namoro é com o acaso. Essa semana, ao que me parece, ele desistiu e enviou o último bilhete: "Bruno, você não sabe o que está fazendo". Ele está certo, eu não sei, mas prefiro seguir as minhas estrelas mortas, que não me informam onde pretendem renascer, assim, quando as encontro, sou recebido por uma constelação de surpresas.

Quer as respostas das mensagens que não entrega. Quer o carinho das verdades e não espera, que ao menos seja dito pela pessoa certa. Quer sem saber o que fazer, se qualquer hora deixar de querer. Quer tanto, que nada faz, fica esperando o milagre acontecer. E o amor passa, desavisado, sem olhar nos olhos.

Como faz poesia? Como faz amor? Como levanta,
e deita, de cabeça liberta?
Como ser feliz?
Como ser triste, das tristezas costumeiras,
que não valem o saco de pão?
Como abre o vinho e molha as plantas?
Como olha pro céu e enxerga o azul?
Como?
Sério, como faz...
pra não se acostumar com a morte...
como esses tantos,
que não se bastam na falta do coração,
avançando para arrancar o meu.

todo ano é esquisito. todo ano é o pior e todo ano é o mais bonito. todo ano morre um artista favorito. todo ano alguém conhece o amor da vida. todo ano faz um ano que eu tento esquecer o amor da vida. todo ano acontece a maior tragédia dos últimos anos. todo ano um amigo se casa, a gente bebe de graça e acredita no amor. todo ano sorrimos quando vemos um bebê gargalhando, talvez por ele ainda não saber, que acaba de nascer, num mundo desmoronando. todo ano é esquisito, mas esse parece mais esquisito do que os outros. não parece? sempre parece. todo ano.

Passei da fase de beber em todos os bares da cidade, sair de casa de segunda a sexta-feira e olhar para o extrato do cartão duvidando que estive naqueles lugares. Passei também da fase da ioga, chá verde e carne somente às quartas-feiras. Tentei juntar as duas fases e não deu certo, acredite em mim, é quase impossível ir do bar direto para a ioga. Estou agora na parte da terapia, natação e documentários (qualquer um de superação que me faça chorar desde o início). Tudo isso pra dizer que estou tentando, eu nunca desisti, e sei disso quando passo a fazer coisas em que não acredito (fiz até meu mapa astral, lua em leão, caso queira saber). A vida ainda é um barato, mesmo quando estou andando com um tapetinho embaixo do braço tentando me salvar, ou, e principalmente, quando eu coloco um disco, que era meu e dela, e deixo tocar o dia todo, torcendo pra no final ele ser somente meu. Eu não vou desistir, até todos os discos dessa casa cantarem sobre outro amor.

tempo difícil de ser vivido. mas é o tempo em que vivo. somente pode ser este o melhor tempo. talvez o inferno seja o lugar ideal para viver se quem o desenha sou eu. e pinto de azul. faço o sol sorrindo como toda criança faz. por que a gente para de colocar sorriso no sol depois que cresce? e lágrima na nuvem, que não sabe se chora ou se chove. a grama é verde. o verde que houver. a cor da esperança? desta vez é o amarelo. de um sol sorrindo, desenhado no inferno. coisa de criança. num tempo difícil de ser vivido.

— somente pode ser este o melhor tempo

Sentimento é névoa, telecinética. A mesma distância que nos protege de um soco no rosto, pouco pode fazer com uma mensagem: estava escrito saudade, foi recebida minutos antes de ela fechar os olhos. É possível se apaixonar dentro de um aplicativo, sem tocar, sem saber o sabonete favorito. Também é possível chorar a morte de um homem que conheci somente pela tevê, como se fôssemos bons amigos. Nada nos defende das tristezas e delícias da vida, nem mesmo as paredes de casa. Mas sei que, apesar dos últimos meses, tem quem não se emocionou com nada. Poxa. Que sorte. E que pena.

Nem lembro a última vez em que eu havia dormido uma tarde toda, mas me senti tão cansado hoje, passei a semana carregando os dias nas costas, o medo nas mãos e ela no coração, quer dizer, no coração não, já faz um tempo que ela ocupa outros lugares do meu corpo, mas imaginar que ainda tem um grão dela no meu peito é mentira. Ela está nos pensamentos, nos olhos e nas pontas dos dedos, ali, a um passo de cair de mim. Hoje eu descansei irresponsavelmente, adiei o trabalho e ignorei compromissos. Esse tempo que é meu e sagrado tem sido entregue muito barato. Notei que a gente esquece que merece um bocado de coisas: o beijo, a mensagem, a felicidade, o carinho, o recomeço e o sábado. Esse sábado que é somente meu, inteiro meu, enquanto a Lua cobrir a cidade.

Toda sexta-feira à noite eu saio sozinho. Toda sexta-feira eu finjo querer estar sozinho. Quero estar sozinho exatamente para ninguém atrapalhar que o amor da minha vida me encontre, enquanto eu disfarço não querer esse encontro. O problema é que o amor da minha vida pode tropeçar no meu pé, cair nos meus braços, dizer "oi", perguntar o meu nome e oferecer uma cerveja, e eu jamais irei notar. Eu não reconheço o amor nem de perto nem de longe, mesmo que ele caia nos meus braços e diga "oi", mesmo que esteja vestido de coração com uma placa segurando o meu nome. Se o amor tropeçar em mim, é provável que ele espatife no chão. E toda sexta-feira eu saio sozinho.

vem cá
você não vai saber se é amor só pelo olhar
é do jeito que morde e a forma de brincar
saber do amor não é amar
tem que gostar da ponta dos pés
da pinta do ombro direito
pois se é amor não tem jeito
vai ter que dividir teu sonho
vai ter que comprar um
sonho que não é teu
só pra acordar com o sorriso certo
mesmo que o mundo faça de tudo
de tudo
pra provar que é errado

um sorriso e pronto. encostou na porta
do metrô lendo um livro ruim e pronto. um
olhar enquanto atravessa a rua numa faixa
de pedestre apertada feita para as pessoas
se esbarrarem. uma mensagem. um like.
um pedido de desculpas por sem querer ter
tropeçado em você numa festa qualquer.
uma dança. uma foto. um texto. uma crítica
ao governo. os mil gatos ou cachorros que
não sei o nome, "gostei de todos, juro". a
foto com a família. outro like. outro sorriso.
não sabe ao certo a cor dos olhos e o filme
preferido, está a quilômetros de distância
e continua dizendo, "queria estar perto,
pelo menos uma vez". e a gente segue
apaixonando-se pelo desconhecido, pessoas
com quem nunca dividimos uma história,
gente que passa subindo a rua de bicicleta ou
comentando no instagram de amigos. gente
que é só um sorriso e mais nada, ainda assim
eu me apaixono. pois é, um sorriso me basta.

**13 de agosto de 2014**

Desde pequeno eu aprendi a olhar para os dois lados antes de atravessar uma paixão. Por mais que se tenha atenção, uma vez ou outra somos atropelados.

**12 de outubro de 2021**

Antes de atravessar qualquer amor olhe para os dois lados. Se for possível, atravesse de mãos dadas. Se não houver ninguém por perto, tudo bem, mas sempre olhe para os dois lados.

Tenho me apaixonado muito nos últimos dias
por um cachorro, uma mulher e um chão de tacos
me apaixonei até por uma geladeira antiga
que ora gelava muito ora gelava pouco
ainda assim a comprei
aceitando os seus defeitos
e pela morte de uma folha
seca e caída
largou-se ao ar antes do tempo
não sei se por pressa ou liberdade
a mim pouco importa.
Se tropeçarmos um no outro esta semana
me apaixonarei pelo tropeço e a queda
me apaixonarei por nós dois
pois até eu que sou do escuro da madrugada
encantei-me hoje com o amanhecer
apaixonado, implorei às estrelas
para que nunca deixem
a noite saber.

Nem lembro com que desejo gastei as ondas que pulei nos últimos anos, mas sinto que não realizei ou se realizei deixou de ser importante rapidinho. Mas, claro, tô esperando o ano virar para eu ajustar toda a bagunça, desde as gavetas aos pensamentos que insistem em sobrevoar o passado. Não acredito em absolutamente nada, mas pulo as ondas, claro que pulo, é divertido e dá uma esperança danada. Só me recuso a usar roupa inteiramente branca, passar o Ano-Novo cafona nunca trouxe paz para ninguém. Mas as ondas não deixarei de pular, mesmo que eu não saiba ao certo quantas devo pular (são seis ou sete?), e que eu ainda não tenha certeza do que pedir, mas ó, deve ter você no meio do pedido, sempre tem. Você consegue estar em primeiro nas listas de coisas que quero e na lista de coisas que não quero, tudo isso ao mesmo tempo. Incrível, não é? E se um gênio surgisse na noite do dia trinta um e pedisse para eu escolher entre esquecer você para sempre ou ficar com você para sempre, eu perguntaria com as águas batendo nas canelas: em qual opção eu serei feliz? Ele, claro, diria que não é possível saber. Nunca vai ser possível saber. Então, eu diria educadamente, "Não quero nenhum, se puder me dar licença, preciso pular as minhas ondas".

Eu disse, "Deixa rolar". Ela deixou. E cada um rolou para um canto diferente. Até hoje me pergunto se a culpa foi minha, se eu devia ter sido mais decidido. Prefiro acreditar que foi como devia ser, que apesar da tristeza do início, depois ela ficou bem e encontrou um cara que não deixou rolar, ou rolaram juntos, alguma coisa assim. Também vou encontrar alguém, talvez até tenha encontrado, vai saber. Eu tento não repetir os erros, ser mais corajoso, dar as mãos com mais força. Gosto dessa garota nova, ela me olha de um jeito bacana, mas ainda não sei. Por enquanto, vou deixar rolar. Sério que vocês acharam que eu tinha aprendido?

Se não for por amor, vai ser por diversão. Se não for por amor, vai ser por tesão; por sorte, por bem, por alguém; vai ser por não ter nada melhor a fazer. Se não for por amor, vai ser por medo. Se não for por amor, vai ser por desejo; por querer, por companhia, por mania. Se não for por amor, não importa. Se não for por amor, sem pressa, pois ele começa nas besteiras que a gente faz. Se não for por amor, tudo bem, pois também é preciso viver a vida pequena, as coisas sem razão. Pode rir, sem motivo. Pode beijar, sem amar. Se não for por amor, que valha a pena.

Ei, toma um porre, um belo porre!
Ouve um blues. Conhece uma pessoa
nova. Só não fica aí... tem tanto jeito
bom de sentir falta de alguém.

Por favor, não me peça conselhos. Nunca fui bom em dar conselhos. Eu sei que no fim de um relacionamento alguém sempre esquece primeiro. E é isso que eu tenho pra te dizer: esqueça primeiro.

Já pulei muro da escola para
encontrar alguém
Não lembro quem
Do muro eu não esqueço
Nem esse da escola
Nem de outros que pulei

Até os quatorze havia uma
certeza do que era o amor
Se ocupava cadernos
Se pulava muros
Se a mãe costurava as calças

Na minha sala
No quinto ano
Não havia ninguém
Com os joelhos mais ralados
do que os meus

Sou especialista em dizer adeus. Já terminei mais relacionamentos do que comecei. Sim, isso é possível. Às vezes só a despedida pode dizer o tamanho do que foi (e se foi). Tem saudade que é inesperada, o bom e velho "você só dá valor quando vai embora". Ué, e como eu iria saber o quanto é ruim ela indo embora se ela ainda não foi? Todo adeus é um risco. Acontece o contrário também, você se prepara para o pior e não vem nada, você até se decepciona com a falta de sentir falta. Não acho que a gente deve sair por aí se despedindo das pessoas, eu só estou dizendo que às vezes é preciso estar longe para perceber que seria melhor estar perto. Talvez seja esse o papel da saudade, alertar que você deve voltar. Só, por favor, não confunda saudade, carência e vontade: são três coisas totalmente diferentes, apesar de muitas vezes tomarmos no mesmo copo.

Em uma manhã quero salvar o mundo, em outra quero fugir dele. Entre bolos de cenoura e posições de ioga a história é escrita. As notícias boas estão somente na sessão de astrologia, lá encontrarei um amor e serei promovido, só não ficou claro se é um ou outro, mas devido às circunstâncias qualquer um deles me agrada. O tempo caminha nas horas e corre nos meses. Na televisão uma menina segura um cartaz, apoiada nas costas de um adulto, não consigo entender o que está escrito, tem algo a ver com esperança. Um avô morre sem conhecer o neto e mais um bolo vai para o forno. As vidas estão distantes, cada um se salva como pode com autoterapia ou vitórias improváveis. A sensação no fim do dia é que a menina do cartaz sabe, mais do que qualquer um, o que é melhor para nós.

e sem querer eu quero
pois pra querer basta ser eu
que é cheio de querer as coisas
qualquer coisa que possa ser querida
querendo a noite
querendo o dia
só não quero o medo
de querer-te ainda mais
do que eu queria.

**legenda**

se for embora
vê se chora
despedida tem que ser triste
tipo clarice
ou legenda de filme
don't leave me
don't go to him
e ela go
mesmo assim

Não deixem que o tempo desgaste as minhas ideias e sonhos. Deixem que o tempo passe, mas não permitam que eu me sinta velho o suficiente para deixar de fazer brincadeiras infantis — que façamos sempre as brincadeiras! — até mesmo porque, os amigos servem, essencialmente, para prolongar a infância. A receita de uma boa risada continua sendo a mesma: cerveja de garrafa, copo americano e bons amigos.

Lembra quando o seu cabelo tinha outra cor e não havia nada para se preocupar? O seu cabelo azul dizia o quanto você não se importava, e não dizia baixo, ele gritava. Não sei o que acontece que a gente vai perdendo essa coragem; às vezes precisamos de um empurrãozinho pra lembrar que somos bem melhores do que a vida tá dizendo. Poxa, eu gostava tanto daquele seu cabelo, você devia pintar de novo, ou eu que devia. Pode olhar pra trás se tiver que encontrar alguma coragem que ficou, a gente se perde mesmo, o caminho é uma loucura. Mas ainda há tempo, não se deve envelhecer antes da hora.

Sim, tô diferente.
Mudei o cabelo e o jeito de pensar.
Não ouço mais aquelas bandas – bebo muito mais.
Igual, só a vontade de voltar.

O amor te entrega tudo e pede de volta. Te surpreende e te esquece. O amor te dá o mundo para escolher, mas conta ao mundo outra história. O amor é ontem e agora. Dá chances e tem diversos nomes. É lindo e é difícil, meu amigo. Ainda assim é amor. E ainda assim vale a pena.

# AGRADECIMENTOS

Aos filhos dos meus amigos, pois esses, assim como os pais, terão que comprar os meus livros e comparecer nos lançamentos, por toda a eternidade.

neste livro a palavra amor é citada
174 vezes. acho que não desisti.

**Acreditamos
nos livros**

Este livro foi composto em Kepler Std e
impresso pela gráfica Santa Marta para a
Editora Planeta do Brasil em maio de 2024.